大師名作坊

MASTERPIECE 24

異鄉客

G·賈西亞·馬奎斯◎著
宋碧雲◎譯

目次

譯序

宋碧雲

日內瓦、羅馬、巴黎、巴塞隆納、阿瑞佐、納不勒斯、卡達魁斯……不同的拉丁美洲人為種種目標寄旅在這些城市，遭遇到種種禍福，馬奎斯的這一本《異鄉客》遂有了不同於一般小說集的面貌，因為書中的十二個短篇雖各自獨立，卻是整體構思的，都以流落在歐洲的拉美人為主角。在或長或短的情節背後，有一隻隱形的手帶領我們穿行過戰後民生凋敝、古意盎然的歐洲，穿行過馬奎斯青年時代的旅歐歲月。我們不得不承認，馬奎斯是一個很會說故事的作家，而且不只是會說故事而已。

由於小說背景散列在歐洲的不同語言區，對話或敍述中不免夾有少量各地方言，尤其巴塞隆納附近的加泰朗語出現較多，這方面特別感謝張淑英教授的指導。

〈前言〉

十二個故事緣起

本書的十二個短篇是過去十八年間寫成的。還沒有成爲目前這種形式以前，其中五則是新聞記事和電影劇本，有一則是電視連續劇。十五年前我在一次錄音訪問中敍述了另一個故事，由一位朋友記錄下來發表，現在我根據他的版本重新寫過。這是一種奇特的創作經驗，不爲別的，單爲了讓有志當作家的孩子們長大後能夠知道寫作習慣是多麼不易滿足、多麼容易磨損，我應該加以說明。

第一個故事是一九七〇年代初期我住在巴塞隆納五年後，有一天作了個發人深省的夢，才想起的點子。我夢見我正在參加自己的葬禮，跟一羣身穿喪服心情卻像過節的朋友一起步行。我們大家在一起似乎很快樂。尤其是我，因爲這些拉丁美洲來的朋友是我最老最親密的友伴，已經好久沒見面了，我的喪亡使我有機會跟他們在一起。儀式結束後，他們開始散去，我也想走，可是其中一位朋友斷然告訴我，我的好時光已過去了。「唯有你不能走，」他說。這時候我才明白，死亡的意思就是永遠不能再跟朋友們爲伍。

不知道爲什麼，我把那個典型的夢詮釋成良心對自身的檢討，我想這是描寫拉丁美洲人在歐洲奇特遭遇的一個好起點。當時我剛完成最難寫最富冒險性的作品《獨裁者的秋天》，不知道從此該何去何從，新發現頗有激勵的作用。

兩年左右的時間裏，我想起什麼故事題材就隨手記下，卻無法決定要怎麼運用這些題材。我決定開始記的那天晚上，家裏沒有筆記本，孩子們把他們的作文簿借給我。我們經常旅行，他們一路上把簿子放在書包裏唯恐弄丟。我一共累積了六十四個點子，加上許多詳細的筆記，只要把它寫成作品就行了。

一九七四年我由巴塞隆納回到墨西哥，漸漸明白這本書不該寫成最初以爲的長篇小說，而該寫成以新聞實錄爲根據的短篇小說集，用高明的詩歌技巧，讓那些新聞事實永垂不朽。我已經出版過三册短篇小說集，可是沒有一册是整體構思和撰寫的。相反的，每一個短篇都是自主的、偶發的東西。所以，我若能把這六十四個故事的點子一口氣寫出來，筆調和文風統一，在讀者記憶中成爲不可分割的整體，那麼寫這本書可能會是一段迷人的歷程。

我在一九七六年撰寫頭兩篇——〈妳滴在雪上的血痕〉和〈富比士小姐的幸福暑假〉，不久就在幾個國家的不同文學增刊上發表。我繼續寫，沒有停頓，可是第三篇——也就是有關我葬禮的故事——寫到一半，我覺得比寫長篇小說更累人。第四篇也是一樣。事實上我沒有精力加以完成。現在我知道原因了：寫短篇小說所費的工夫不下於開始一部長篇小說。寫長篇一切都必須在頭一段確立清楚：結構，筆調，文風，節奏，長度，有時候甚至連人物個性都要先決定好。再下來寫作就充滿樂趣了，一種最私密最孤獨的樂趣。如果說我們不至於花一生的歲月再三改寫這部長篇，實在是因爲起始一本書固然需要嚴密精確，收尾時也少不了這個要件。但是短篇小說沒有開始，沒有結束：只有成功或不成功的差別。如果不成功，依據我自己和其他作家的經驗，大多數時候往另一個方向重寫或乾脆把故事扔進字紙簍還對健康有益些。我不記得誰說過這麼一句鼓勵人的話：「好作家受人激賞，與其說是因爲發表過某些作品，不如說是因爲他們撕掉過一些。」我並沒有撕掉初稿和筆記，但我做了更嚴重的事：把它忘得精光。

我記得那本作文簿放在我墨西哥的書桌上，早在亂糟糟的紙堆中滅頂，到了一九七八年，有一天我正在找別的東西，才想起好一段日子沒看到那本簿子。無關緊要。可是我發現它眞的沒在書桌上，卻嚇得發慌。屋子的每一個角落都搜遍了。我們把家具搬開，把藏書拉開，確定沒有掉在書本後面，還十分不該地盤問了家中的僕人和我們的朋友。一點蛛絲馬跡都沒有。唯一可能——或合理？——的解釋就是我經常毀棄文件資料，其中有一次不小心把那本簿子也扔進了垃圾桶。

我的反應令自己嚇一跳：我已遺忘近四年的題材忽然變成攸關榮辱的寶貝。我不計一切代價想補回那些題材，比正式寫作更辛苦，好不容易才重組出可以寫三十個故事的筆記。因爲嘗試回憶的過程等於一種整肅，我毫不留情地把看來無法挽回的部分淘汰掉，只剩十八個故事。這一回我決定一口氣寫出來，可是不久我就發覺自己對那些材料失去了熱誠。我雖常勸年輕的作家丟棄稿子，但這次相反的，我並沒有丟掉。我重新排列歸檔，以備不時之需。

一九七九年我開始寫《預知死亡紀事》的時候，更堅信自己在兩本書之間的空檔期容易忘掉寫作習慣，而且要重新開始愈來愈困難。因此一九八〇年十月和一九八四年三月之間，我著手爲許多國家的報紙撰寫每週意見專欄，訓練手臂保持良好機能。這時候我突然想到，我爲筆記裏的材料掙扎，主要仍是文學類型的問題，那些東西其實應該寫成報紙文章，而非短篇小說。只是，根據筆記內容發表了五篇專欄後，我又改變了主意：拍成電影更好。五部電影和一齣電視連續劇就此應運而生。

我沒料到我的新聞和電影工作會改變自己對那些故事的想法，以致現在我把它們寫成最終的形式時，必須小心分辨哪些是自己原來的概念，哪些是撰寫腳本時導演提供給我的點子。事實上，我同時和五位不同的創作者合作，寫這些短篇就有了另一種方法：我有空就開始寫一篇，寫累了或者有意料之外的企劃案來臨時就暫時擱下，開始寫另一篇。一年多以後，十八個題材有六個扔進了垃圾桶，其中包括為自己送葬那一則——我永遠沒辦法把它寫成夢中的那種狂喜。不過，留下的故事似乎可以誕生，準備長命百歲了。

留下的就是這本書裏的十二篇。我又不間斷地寫了兩年，去年九月終於到了可以付印的階段。若非最後我又苦苦猶豫了十一個鐘頭，這些故事一而再、再而三在垃圾桶前來回的漫長旅途就可以結束了。因為我是憑記憶在遠方描述故事發生的歐洲各城市，事隔二十年我想查核自己的記憶精不精確，於是我快速旅行了一趟，讓自己重新認識巴塞隆納、日內瓦、羅馬和巴黎。

這些城市沒有一個跟我的回憶有任何關連。經過驚人的逆轉，這四個城市就像目前整個歐洲一樣，變得很陌生：眞實的回憶恍如幻影，假回憶卻十分可信，以致取代了現實。這表示我看不出幻滅和懷舊的分野。這是明確的解答。最後我找到了要寫完這本書最需要的，也是歲月遷移才能帶來的東西：一種時間的遠近層次。

我從那次幸運之旅回來，花八個月的時間發狂地把所有的故事從頭改寫，由於我懷疑自己二十年前在歐洲經歷的事也許沒有一件是眞的，這點很有幫助，我用不著問自己哪一部分是眞實人生，哪一部分是出於想像。接下來寫作就很順暢了，我有時候覺自己好像只爲說故事的樂趣而寫，人類最飄飄欲仙的處境大概莫過於此吧。由於我是同時進行所有的故事，可以自由自在從這一篇跳到那一篇，再自由跳回來，我培養出一種縱觀全景的眼光，不必一一起頭煩得半死，有助於找出無心的累贅和重大的矛盾。我相信，也因此我才能寫出這一册最接近自己理想原貌的短篇小說集。

喏，在茫然飄蕩這麼久之後，在歷經我的猶豫毛病仍掙扎存活之後，現在這本書準備擺上檯面了。除了前兩則，所有的故事都是同時完成的，每一則都加註了我開始構思的日期。這個版本的故事順序跟筆記本裏相同。

我一直認爲，故事的每一個版本都比前一個好。那我們怎麼知道哪一個才算最終的版本呢？就像廚師知道湯什麼時候可以喝了，這是一個不遵循理性法則卻憑直覺行事的專業祕密。不過，爲了以防萬一，我向來不重讀自己的書，這回也不重讀，怕自己會後悔。現在讀者該知道怎麼處置這些短篇了吧。幸虧對這些異鄉客而言，最後被扔進字紙簍也形同快樂返鄉。

加伯利亞・賈西亞・馬奎斯

一九九二年四月於西印度卡塔吉娜

異鄉客

總統先生再會

在空無一人的公園裏，他坐在一張黃葉下的木頭長凳上，雙手扶著枴杖的銀把手，靜靜凝視髒兮兮的天鵝，腦中想著死亡的事。他第一次來日內瓦的時候，湖面波平如鏡，湖水很清澈，有溫馴的水鷗會到人手上啄食東西，有待雇的美女穿著縐紋薄紗衣裳，手持絲綢陽傘，看來像午後六點的魅影。現在若能見到女人，也只是空堤道上的賣花女罷了。他實在很難相信時間不但毀了他的一生，也把世界破壞到這種地步。

在這座滿是化名顯貴的都市，他不過是又一個隱姓埋名的人。他穿著深藍色細條紋西裝、織錦背心，頭戴退休官員的硬帽，嘴上留著鎗兵那種傲慢的短髭鬚，一頭濃密的藍黑色頭髮呈現出浪漫的波紋，一雙豎琴家的手，左無名指上戴著鰥夫的婚戒，眼神歡歡喜喜的。只有皮膚疲乏無彈性，可以看出他身體不好。即便如此，以七十三歲高齡的人來說，他優雅的風度仍然引人注目。不過，那天早晨他覺得一切虛華對他都沒有用了。幾年的光榮和權力已經永遠成為過去，現在只剩等死的歲月了。

經歷兩次大戰之後，他回到了日內瓦，因為馬丁尼克的醫生們查不出他疼痛的病因，他特來尋求肯定的解答。他只計畫停留兩週，結果做了六個禮拜累人的檢查還沒得到確切的結果，什麼時候結束還不知道哩。他們檢查他的肝、他的腎、他的胰臟，想找出疼痛的來源，就是沒找到眞正的痛處。直到那個淒苦的禮拜四，他在神經科跟一位醫生約好了早晨九點去看病——他看過許多醫生，就數這個人最沒有名氣。

醫生的事務所像和尙的小房間，醫生個子小小的，非常嚴肅，右手的大拇指斷了，裹著石膏。電燈關掉後，銀幕上出現一條脊柱的X光片，起先他沒認出是自己的脊椎骨，醫生用一根指示棒指指他腰下兩塊脊椎骨的接口。

「你是這個地方痛，」他說。

他覺得沒這麼簡單。他的疼痛是不可思議而且沒有固定位置的，有時候好像在右邊的肋骨，有時候在下腹，往往冷不防鼠蹊部突然痛一下，像刀刺一般。醫生一動也不動聽他講，指示棒也定在銀幕上一動也不動。他說，「所以才會這麼久查不出來，不過現在我們知道是在這裏了。」接著他把食指放在自己的太陽穴，非常精確地說：

「總統先生，其實嚴格說來，一切疼痛都發生在這裏。」

他的診斷風格非常戲劇化，最後的結論聽來還挺慈悲哩：總統必須動一次危險卻不能逃避的手術。他打聽危險性有多大，老醫生跟他說得含含糊糊。

「我們也不能確定，」他回答說。

他解釋道，不久以前意外喪生的危險還很高，各種輕度重度癱瘓的危險性更高。不過兩次大戰下來，醫術突飛猛進，這種恐懼已經是過去的事了。

最後醫生說，「別擔心。把你的事情安排好，然後跟我們連絡，別忘了，愈快愈好。」

那天實在不是承受這個壞消息的好日子，尤其在戶外。他很早就走出旅社，因爲看見窗口的艷陽，所以沒穿大衣，一步一步穩穩從醫院的那條波索萊爾街，走到祕密情人的避難所——英格蘭花園。他在那邊待了一個多鐘頭，滿腦子想著死亡，此時秋意乍現，湖面變得波濤洶湧，像怒海一般，狂風把水鷗嚇跑了，最後的幾片樹葉也隨風飄落。總統站起來，沒向花販子買雛菊，倒是從公共園林摘了一朵，插在鈕釦洞裏，她當場逮個正著。

她氣沖沖說，「先生，那些花不屬於上帝，是市產。」

他不理她，大步疾行而去，手抓著枴杖柄中間，不時放縱地轉一轉。到了白朗峰橋，聯邦旗幟被突來的疾風吹得亂七八糟，現在正被人快速降下，頂端冒泡的美麗噴泉也比平常提早關掉了。由於門口的綠布棚已被拆掉，布滿花朵的夏日露台剛剛封起，總統先生簡直認不出堤岸上他常去的那家咖啡屋。屋裏大白天點著燈，紘樂四重奏正在演奏莫扎特的一首充滿不祥之兆的曲子。到了櫃檯邊，總統從保留給顧客看的書報堆中選了一份報紙，把帽子和楞杖掛在架子上，戴上金邊眼鏡，找了最孤立的餐桌坐下來看報紙，這時候才感覺到秋天來了。報紙國際版偶爾會有拉丁美洲珍聞，他先看國際版，再繼續由後面往前讀，直到女服務生給他端來每天喝的艾維亞礦泉水。他聽從醫生的指示，三十幾年前就戒掉了喝咖啡的習慣，但他說過，「假如有一天我確定自己快死了，我會再喝。」也許時候到了吧。

「也給我一杯咖啡，」他用十全十美的法語吩咐道。然後不經意語帶雙關指明，「義大利式的，要濃得連死人都嗆得醒。」

他沒放糖，一口一口慢慢喝，然後把杯子倒放在托盤上——停了這麼多年，他要用咖啡的沉澱紋算命。重拾這個嗜好，使他暫時消除了陰鬱的思潮。過了一會兒，他覺得有人在看他，這好像也是命盤的一部分。他故作輕鬆翻著報紙，然後由眼鏡頂端往上瞄，看見一個臉色蒼白、沒刮鬍子、戴運動帽、穿羊皮襯裏夾克的男人，對方立刻把眼睛別開，免得跟他對望。

這人很面熟。他們曾在醫院大廳錯肩而過好幾回，他呆望天鵝的時候，偶爾會看見他騎一輛速克達魔托車走過雷克大道，可是他從來沒想過自己已經被人認出來了。反正他堅信這只是流亡期的許多被迫害妄想之一。

他悠哉游哉看完報紙，在布拉姆斯華麗的大提琴聲裏飄飄欲仙，後來疼痛感愈來愈厲害，音樂沒辦法止痛了。他看看放在背心口袋裏的鍊條小金錶，用最後一口艾維亞礦泉水服下他中午該吃的兩顆止痛藥。脫下眼鏡之前，他解讀咖啡沉澱所顯示的命盤，打了個冷顫：他從中看出了「無常」。最後他付了帳，留下小里小氣的一點小費，從衣帽架拿起枴杖和帽子，走到外面的街道，沒有看那個正在望他的男人。他步履快活地走開，繞過被狂風蹂躪的露台，心想他不必受那魔咒擺布。可是這時候他聽到背後傳來一陣腳步聲，遂在拐過轉角時突然停下來，半轉過身子。跟在他後面的男人不得不猛停下腳步，免得相撞，一雙驚訝的眼睛隔著幾英吋的距離望著他。

「總統先生，」他低聲說。

「告訴那些花錢雇你的人別高興得太早，」總統說這話，臉上依然笑咪咪的，聲音也充滿魅力。

「我的身體十全十美，沒毛病。」

「沒人比我更清楚，」那人被總統的威嚴懾住了，他說，「我在醫院做事。」

他的措辭和聲調，甚至膽怯的樣子，都是土加勒比海人特有的。

「你該不是醫生吧，」總統說。

「我要是醫生就好了，先生。我是開救護車的。」

總統相信自己弄錯了，他說，「抱歉。這個差事很辛苦。」

「先生，不如你的工作來得辛苦。」

他直直盯著他，雙手拄著枴杖，眞正關心地問道：

「你是什麼地方人？」

「加勒比海人。」

「這我知道，」總統說。「哪一個國家呢？」

那人作勢要跟他握手，「跟你同一國，先生。我名叫荷馬洛‧雷伊。」

總統沒放開手，訝然打斷他的話。

他說，「媽的，好美的名字！」

荷馬洛鬆了一口氣。

他說，「愈來愈好，全名荷馬洛‧雷伊‧狄‧拉‧卡撒——意思是『他家之王荷馬』。」

他們站在街心，毫無遮掩，一陣刺骨寒風猛颳在他們身上。總統直打哆嗦，自知沒穿大衣根本走不到兩條街外他通常吃飯的那家便宜餐館。

「你吃過午餐沒有？」他問道。

荷馬洛說，「我從來不吃午餐，只有晚上在家吃一餐。」

他顯出所有的魅力說，「今天破個例，我請你吃午餐。」

他拉著他的手臂走到對街的餐館，遮雨棚上有燙金的店名：「牛頭飯店」。裏面狹小而暖和，好像沒有空桌子。荷馬洛‧雷伊很驚訝居然沒有人認出總統，他走到後面去求援。

「他是代理總統嗎？」店主問道。

荷馬洛說，「不，被推翻了。」

店主微笑答應。

他說，「我隨時爲他們留了特別座。」

他引他們到房間後面一張孤零零的餐檯，他們可以談話談個夠。總統謝謝他。

「不是每個人都像你，能認出流亡的顯貴，」他說。

這家餐館的招牌菜是炭烤牛肋排。總統和他的客人瀏覽四周，看見其他餐桌上帶嫩油的大塊烤肉。總統低聲說，「好棒的肉，不過醫生不准我吃。」他用淘氣的眼神看看荷馬洛，語氣突然變了。

「其實，醫生什麼都不讓我吃。」

荷馬洛說，「你也不能喝咖啡，可是你照喝不誤。」

總統說，「你發現啦？但今天只是在例外的日子破個例罷了。」

那天他破的例可不只是喝咖啡。他叫了炭烤牛肋排和一客只用橄欖油拌和的生菜沙拉。客人也點了同樣的菜，外加半瓶紅酒。

等肉排的時候，荷馬洛由夾克口袋掏出一個沒有錢卻有很多文件的皮夾，給總統看一張褪色的照片，總統認出是自己身穿襯衫的樣貌，比現在瘦幾磅，蓄著濃密的黑髮和髭鬚，四周圍著一羣年輕人，踮著腳尖，希望人家能夠看見他們。他一眼就認出了那個地方，認出了一次不愉快的選戰的標記，認出了那個不幸的日子。他喃喃地說，「眞叫人震驚！我常說人在照片裏比眞實人生老得更快。」他以決絕的手勢把照片還給對方。

他說，「我記得很清楚。那是幾千年前的事了，在聖克里斯托巴•狄拉斯•卡薩斯市那個鬥雞場。」

「那是我的故鄉，」荷馬洛說著，指指那羣人中的自己。「這是我。」

總統認出他來。

「你那時還是小娃娃嘛！」

「差不多，」荷馬洛說。「我是大學軍團的一個領導人，整個南部選戰期間一直跟著你。」

總統預料他會語帶譴責。

「我，當然根本沒發覺你的存在，」他說。

荷馬洛說，「才不呢，你很客氣。可是我們人數太多，你不可能記得。」

「後來呢？」

荷馬洛說，「你比誰都清楚嘛。軍事政變後，我們倆都在這兒，準備吃下半頭牛，這才是奇蹟呢。沒有多少人這麼幸運。」

這時候他們的食物端上桌了。總統把餐巾圍在脖子上，像嬰兒穿圍兜似的，他發現客人面帶驚訝，說不出話來。「我若不這麼圍好，那我每一餐都要毀掉一條領帶，」他說。他還沒吃之前，先嘗嘗肉的佐料，做了個滿意的手勢，又回到原來的話題。

他說，「我不懂你為什麼不早一點來找我，卻像獵犬一路追蹤。」

荷馬洛說，打從他看見他由特殊病患專用門走進醫院，他就認出他了。那是仲夏，他穿著安蒂列斯羣島的三件式亞麻衣裳，黑白相間的鞋子，襟上別一朶雛菊，美麗的頭髮在風中飛揚。荷馬洛得知他一個人在日內瓦，沒有幫手，因為總統對這座他當年研讀法律的都市記憶太深了。醫院行政單位應他的請求，採取必要的內部措施，保證不讓人認出他的身分。那天晚上荷馬洛和他太太講好要跟總統交談。他跟蹤了他五個禮拜，等待恰當的時機，要不是剛才總統迎面對著他，說不定現在還說不上話呢。

「我慶幸這麼做，雖然孤單單一個人我也不覺得什麼。」

「這樣不太對。」

「為什麼？」總統誠心誠意問道。「我一生最大的勝利就是讓大家都忘了我。」

荷馬洛不掩飾內心的激動，他說，「我們比你想像中更記得你。看你這樣年輕健康，實在很高興。」

他不帶悲喜說，「可是，各方面都顯示我馬上就要死了。」

「你康復的機率很高，」荷馬洛說。

總統嚇一跳，卻沒喪失幽默感。

他驚呼道，「媽的！美麗的瑞士已經不再嚴守醫療機密了嗎？」

「全世界任何地方的任何醫院，沒有什麼祕密瞞得過救護車司機。」荷馬洛說。

「得了，我也是兩個鐘頭前才從唯一知情的人口中得知病情的。」

荷馬洛說，「反正你不會白死，有人會恢復你恰當的地位，視爲偉大的光榮典範。」

總統故作滑稽的驚訝狀。

「謝謝你提醒我，」他說。

他吃東西也跟做其他事情一樣，不慌不忙，非常細心。他一面吃一面盯著荷馬洛的眼睛，年輕的後者覺得自己彷彿看得出老人正在想什麼。經過一番不斷勾起鄉愁的長談之後，總統的笑容變得有些淘氣。

他說，「我本來決定不去擔憂遺體的問題。可是現在我看屍體要保持隱密，需要採取的預防措施足夠寫一本偵探小說。」

荷馬洛開玩笑說，「沒有用的。醫院裏沒有一個祕密能藏過一個鐘頭。」

他們喝完咖啡，總統憑杯底的咖啡沉澱算命，又打了個冷顫：顯現的訊息還是一樣。可是他的表情沒什麼變化。他用現金付帳，不過事先核對總數好幾次，過度小心地算錢算了好幾次，留下的小費少得可憐，只配讓服務生悶哼一聲。

最後他告別荷馬洛說，「今天很榮幸。我還沒訂好開刀的日子，我甚至還沒決定要不要開刀。不過，如果一切順利，我們還會再見面的。」

荷馬洛說，「何不在開刀前？內人拉扎若替有錢人燒飯作菜。她煮的蝦飯沒人能比，改天我請你到我們家吃晚飯。」

他說，「醫生不准我吃貝類，可是我很樂意吃。告訴我時間就成了。」

「星期四我放假，」荷馬洛說。

總統說，「好極了，我星期四晚上七點到你家。眞榮幸。」

荷馬洛說，「我來接你。第十四工業街貴夫人旅社。在車站後面。對吧？」

「對，」總統說著，站起來，風采比先前更迷人。「看來你連我的鞋子尺寸都知道。」

「當然啦，先生，」荷馬洛好玩地說。「四十一號。」

有一件事荷馬洛•雷伊沒有告訴總統，卻在幾年後逢人必講，那就是：他原先的動機並不這麼單純。他跟其他的救護車司機一樣，與殯儀館和保險公司協商好在醫院裏代他們推銷殯葬和保險服務，尤其對財富有限的外國人推銷。利潤不多，還得跟偷傳重病機密檔案給他的醫院其他員工分享。可是像他這樣一個流亡客，靠微薄得可笑的薪金勉強養活妻子和兩個兒女，沒什麼前途可言，這點兒外快就不無小補了。

他的太太拉扎若•戴維斯更現實。她是原籍波多黎哥聖璜市的黑白混血兒，身材苗條，短小精幹，膚色像煮過的牛奶糖，眼睛像雌狐，跟她的脾氣倒很相配。她祖國的一位金融家雇她當保母，把她帶來日內瓦，後來留下她在這裏漂泊，她就在醫院的慈善病房當助理，他們倆便是在慈善病房認識的。雖然她是非裔尤魯巴族的公主，但她和荷馬洛依天主教儀式舉行婚禮，目前住在一幢沒有電梯、非洲移民居住的大樓第八層一戶只有兩房的公寓。他們的女兒芭芭拉今年九歲，兒子拉扎洛七歲，有輕微的智障現象。

拉扎若‧戴維斯人很精明、脾氣暴躁，可是心腸很軟。她自認是純正的金牛座，對星象預兆深信不疑。然而她夢想要當百萬富翁們的占星家，卻一直無法如願。反之，她不時替有錢的太太們準備晚宴，以動人的安蒂列斯羣島美味冒充女主人的傑作招待佳賓，藉此賺些錢貼補家用，對家庭財務貢獻還不小呢。荷馬洛膽小得令人心煩，除了賺點小薪水，沒什麼抱負，但他心地純眞，陽具的口徑不小，拉扎若無法想像沒有他要怎麼活下去。他們一切順利，可是日子一年比一年難過，孩子們又漸漸長大。總統抵達日內瓦的時候，他們已經開始動用五年來的積蓄。所以，荷馬洛‧雷伊在醫院隱姓埋名的病人中發現他的時候，希望油然而生。

他們也不清楚自己想要求什麼，有什麼權利要求。起先他們計畫向他推銷全套葬儀，包括薰香防腐和返國歸葬。可是漸漸的，他們發覺他不見得會像起初看來那麼快就死掉。總統請午餐那天，他們更是搞糊塗了。

其實荷馬洛當年並不是什麼大學軍團或其他社團的領袖，他在選戰中扮演的角色也不過就在那張照片中露了一下臉而已——彷彿奇蹟，他們居然在壁櫥裏的一堆報紙下找到了那張照片。但他的熱誠卻一點也不假。而他也眞的是因爲參加反軍事政變的街頭示威才被迫逃出國外，只是過了這麼多年還住在日內瓦，卻是勇氣不足使然。多撒個謊少撒個謊，對於爭取總統的好感應該沒什麼妨礙吧。

他們倆頭一樁沒想到的是，日內瓦有這麼多合適的住宅可容納失意的政客，流亡的總統先生卻住在破葛羅特區的一家四流旅館，跟亞裔移民和風塵女郎爲伍，孤單單在廉價餐館用餐。荷馬洛日復一日看他重複著那天的活動。他以目光伴隨他夜間在舊市區的破牆和破破爛爛的黃色鐘鈴花之間散步，有時候彼此距離隔得相當近。他曾經看見他在卡爾文雕像前面失神沉思了好幾個鐘頭。他曾被濃烈的茉莉花香薰得喘不過氣來，一步步跟著總統走上石梯，從「烤爐商城」頂端凝視緩緩的夏日黃昏。有一天晚上，他看見總統在夏日的第一場雨中沒穿外套沒拿雨傘，跟學生們一起排隊準備聽魯賓斯坦的音樂會。「我不知道他怎麼沒得肺炎，」荷馬洛事後對太太說。前一個星期六，天氣開始變了，他看見他買了一件假貂皮領的秋大衣，不是在流亡親貴買東西的羅恩河畔亮晶晶的店舖買的，是在跳蚤市場買的二手貨。

荷馬洛跟拉扎若談起這件事，拉扎若叫道，「那我們一點辦法都沒有！他是個小氣鬼，他會舉行慈善葬禮，埋在貧民墓地。我們從他身上賺不到一毛錢。」

荷馬洛說，「也許他是眞窮，失業了這麼多年。」

拉扎若說，「噢，寶貝，當個雙魚正在上升的雙魚座是一回事，當個他媽的傻瓜又是另一回事了。人人都知道他帶著國庫的黃金潛逃，是馬丁尼克最有錢的流亡客。」

荷馬洛比她大十歲，他成長期間報上的文章老宣傳總統以前在日內瓦半工半讀，當建築工人來養活自己。反之，拉扎若在反對派報紙發布的醜聞中長大，她從少女時代就擔任保母的那個反對派家庭更將醜聞加油添醋，使她深信不疑。結果那天晚上荷馬洛上氣不接下氣跑回家，爲中午跟總統吃飯高興得要命時，她根本不相信總統特意請他上昂貴餐館的論調。她氣荷馬洛沒有要求他們夢想的許多東西，從孩子的獎學金到醫院的好差事，不一而足。總統不肯花錢辦個體面的葬禮，也不肯光榮歸葬祖國，寧願把屍體留給兀鷹，這似乎更加深了她的懷疑。荷馬洛最後才說他已經邀請總統星期四晚上來吃一頓蝦飯，拉扎若終於忍無可忍。

拉扎若大吼道，「我們何苦來哉？萬一他吃罐頭蝦中毒，死在這兒，我們還得用孩子們的積蓄替他辦喪事。」

最後還是她對婚姻的忠誠占了上風。她不得不向某鄰居借來三套銀餐具、一個水晶沙拉缽，向另一位鄰居借來一個電動咖啡壺，向第三位鄰居借了一條繡花桌布和一套瓷咖啡杯。她卸下舊窗簾，換上假日才用的新窗簾，還把家具上面的套子拿掉。她花了一整天刷地板、抖動灰塵、把東西搬來搬去，家裏總算像個樣子了，如果靠貧窮來打動客人對他們最有利，現在的效果正好相反。

星期四晚上，總統爬上八樓，上氣不接下氣出現在門口，身穿新買的舊大衣，頭戴過時的瓜皮帽，還帶了一朵玫瑰花給拉扎若。他雄赳赳的美貌和堪比王侯的儀態叫她一見難忘，可是她早就料到他是個虛僞又貪婪的男人，如今一見，果然不差。她開窗煮菜，怕蝦子的氣味飄得滿屋子都是，他居然一進門就深呼吸，好像突然樂壞了似的，閉著眼睛攤開雙臂叫道，「啊，我們海洋的氣味！」她覺得他太沒禮貌了。只帶一朵玫瑰花給她，她比以前更覺得他小氣，一定是在公共園林偷摘的。荷馬洛把他當總統時的剪報和選戰的各種大小旗幟釘在客廳的牆上，他看了竟一副不屑的樣子，她覺得他好傲慢喔。芭芭拉和拉扎洛做了禮物送給他，他甚至沒跟他們打招呼，吃飯時還說他受不了兩樣東西，就是狗和小孩，她覺得這人心腸太狠了。她討厭他。不過，加勒比海人特有的好客心性壓倒了她的偏見。她已穿上特殊場合才穿的非洲長袍，戴上聖塔利亞儀式（譯註：天主教聖徒崇拜和非裔尤魯巴神禮拜式融合的儀式，行之於加勒比海一帶）用的珠子和手鐲，席間她沒做過任何不必要的手勢，沒說過一句多餘的話。她不單是無懈可擊：她簡直十全十美。

其實蝦飯並不是她的拿手菜，可是她誠心誠意準備，結果還不錯。總統吃了兩盤，讚不絕口；他跟他們雖沒有共同的鄉愁，卻很喜歡炸芭蕉片和鱷梨沙拉。拉扎若只聽他們說話，沒有開口，直到甜食上桌後，荷馬洛忽然無緣無故陷入上帝存在與否的死胡同裏。

總統說，「我相信上帝存在，可是和人類沒有關係。他只插手大事。」

拉扎若說，「我只信星象，」她仔細觀察總統的反應。「你是哪一天生的？」

「三月十一日。」

「我就知道，」拉扎若得意地驚跳了一下，用快活的口吻說，「你不覺得同一張餐桌出現兩個雙魚座太多了嗎？」

她進廚房準備咖啡，兩個男人還在談上帝。她收拾好餐桌，由衷希望今天的晚宴順利結束。她端咖啡回客廳的時候，正好聽見總統一句話，非常震驚。

「親愛的朋友，請你相信：我當總統，我們可憐的國家會很慘很慘。」

荷馬洛看見拉扎若端著借來的瓷杯和咖啡壺出現在門口，一時以爲她要昏倒了。總統也注意到了。「別用那種眼光看我，太太，」他和顏悅色說，「我是說眞心話。」接著轉向荷馬洛說：

「怪不得我爲自己的愚蠢付出高昂的代價。」

拉扎若端上咖啡，嫌桌面上方的燈光太銳利，不能培養談話氣氛，就把它關掉，整個房間遂陷入親密的朦朧之中。她第一次對客人產生興趣，顯然他的妙語如珠並不能掩蓋內心的悲傷。他喝完咖啡，把杯子倒放在小托盤上，讓咖啡沉澱的紋路顯現出來，拉扎若的好奇心更增強了。

總統告訴他們，他選擇馬丁尼克島做爲流亡之地，是因爲和詩人艾美・西撒雷私交甚篤，那時候西撒雷剛剛出版新作《重返祖國紀事》（*Cahier d'un retour au pays natal*），曾幫助他開始新生活。總統靠著太太僅存的家族遺產，在法蘭西堡丘陵買了一幢高貴木材建造的房子，窗子有遮簾，露台俯視著大海，長滿野生的花朵——聽著蟋蟀的叫聲、吹著糖廠飄來的甜滋滋帶酒味的風入眠，實在很舒服。他跟長他十四歲的妻子住在那兒，太太打從生下他們的獨子就不良於行；而他習慣重讀拉丁文的古拉丁經典名作，堅信這是他人生最後的一幕，以此來抵擋命運的擺布。多年來他那些失敗的黨羽建議他以各種方式冒險一搏，他必須抗拒那些誘惑。

他說，「可是我從來沒有再拆任何一封信。我發現再急迫的信過了一星期便不再急迫，過了兩個月，你根本就忘了那些信和寫信的人，所以後來我就沒拆過信。」

拉扎若在半明半暗中點了一根煙，他看看她，用手指熱切地把煙從她手上接過來，長長吸了一口，將煙含在喉嚨裏。拉扎若嚇了一跳，拿起那包煙和火柴盒，準備再點一根，可是他把燒著的香煙還給她。「妳抽得好快樂，我忍不住，」他說。這時候他開始咳嗽，只好把煙徐徐吐出來。

他說，「我很多年前就戒了，可是沒完全戒掉。有些時候實在擋不住煙癮。就像現在。」

他猛咳了兩次。疼痛又來了。總統看看小懷錶，服下傍晚的兩顆藥丸。接著他看看杯底，沒什麼變化，不過這次他沒有打哆嗦。

「有些以前支持我的人當了後幾任總統，」他說。

「薩亞哥，」荷馬洛說。

他說，「不只薩亞哥。我們都坐上一個自己不知道該怎麼擔任的職位，僭占了自己不配享有的光榮。有人只追求權力，可是大多數人找的是層次更低的東西，只不過找個差事幹罷了。」

拉扎若生氣了。

「你知不知道他們說你什麼?」她問道。

荷馬洛惶然插嘴說:

「那些都是謊話。」

「是謊話,也可以說不是謊話,」總統非常平靜地說。「牽涉到總統,最嚴重的恥辱可能同時亦眞亦假。」

流亡期間他一直住在馬丁尼克,跟外界唯一的接觸就是官方報紙的少數新聞。他曾在一家公立中學教西班牙文和拉丁文經典名著維生,有時候還翻譯一些艾美•西撒雷授權的作品。八月暑熱難當,他常躺在吊床上,聽著臥室裏電扇的嗡嗡聲,看書看到中午。就連一天裏最熱的時間,他太太也會戴著一頂綴有假水果和薄紗假花的寬邊遮陽大草帽,出去照顧她自由放養在戶外的鳥兒。等溫度降低後,坐在露台的涼風裏就很舒服了,他嘛眼睛盯著海洋直到天黑,她則坐在柳條搖椅上,頭戴破帽子,每根指頭都戴上鑲有彩石的戒指,望著來來往往的船隻。她常說,「那艘船要開到波多聖陶。」也常說,「那艘船都快開不動了,船上裝滿波多聖陶運出來的香蕉。」她簡直無法想像任何一艘過往的船隻不是來自他們的國家。他假裝沒聽見,其實到後來她記憶力衰退,忘得比他快多了。

他們就這樣坐著，等到熱鬧的黃昏走到盡頭，他們受不了蚊子，只好躲進屋裏去。他們過了許多這樣的八月，有一天總統坐在陽台上看報紙，突然嚇一大跳。

他說，「我完了，（報上說）我已經死在艾斯托利爾！」

他太太正迷迷糊糊打瞌睡，聽到這則消息，簡直嚇壞了。那篇文章有六行，登在轉角印的那家報紙第五版，他偶爾翻譯的文章平時就登在該報，而該報的經理有時會來看看他。現在那家報紙說他死在歐洲頹廢派的旅遊聖地和避難所艾斯托利爾•狄•里斯伯亞，其實他從來沒去過那個地方，也最不願意死在那兒。他太太倒在一年後去世，只因受不了僅存的最後回憶的折磨：她的獨子參與推翻父親，後來被同謀射殺，她一直想念著他。

總統嘆了一口氣。他說，「我們就是這樣，什麼力量都救不了我們。一個由全世界的人渣孕育而成的洲，連片刻的愛都沒有：全是誘拐、強姦、暴亂、可恥的交易、欺騙、仇敵聯姻所生出的孩子。」拉扎若正用無情的目光審視他，他面對著她那雙非洲眸子，想用老手的滔滔辯才說服她。

「種族融合等於眼淚和濺出來的鮮血融合。這樣調出來的東西還能有什麼好結果？」

拉扎若報以死亡般的寂靜。到了午夜前，她恢復了自制力，正正式式以一吻來向他告別。總統不肯讓荷馬洛送他回旅館，但他攔不住荷馬洛幫他叫計程車。荷馬洛回到屋裏，他太太正在大發雷霆。

她說，「這種總統活該被推翻。好一個雜種。」

儘管荷馬洛努力安撫她，他們倆還是一夜睡不著，很不好受。拉扎若承認總統是她所見過數一數二的美男子，有毀滅性的誘惑力和種馬般的雄性氣概。「他現在雖然老了，不行了，不過他在床上可能還是頭老虎，」她說。可是她猜想這人已經把天賦的能力浪費在裝模作樣上。她受不了他自誇是祖國最差勁的總統。她堅信馬丁尼克一半的蔗田都是他的，卻裝出一副苦行僧的姿態，眞叫人受不了。他明明不惜一切代價想重登總統寶座，久久不下台，讓仇敵到墳墓裏啃泥土，卻假裝看不起權力，她更受不了他的虛僞。

最後她下結論說，「一切只爲了讓我們拜倒在他跟前。」

「那對他有什麼好處呢？」荷馬洛說。

她說，「一點好處都沒有。不過，希望自己性感誘人是一種癮，永遠沒法滿足的。」

她怒氣沖天，荷馬洛跟她同床實在受不了，下半夜就裏著毯子睡在客廳的沙發上。拉扎若半夜也爬起來，全身從頭到腳一絲不掛——她睡覺或在家習慣如此——一個人自言自語只談一個話題。她一舉把那場可恨的晚宴的蛛絲馬跡全部從記憶中抹掉。天亮後她還掉借來的東西，把新窗簾拆下，換回舊的，把家具挪回原位，於是家裏又恢復原來那種貧窮又正經的樣子。接著她把剪報、肖像、可惡的選戰旗幟撕下來，一聲大吼全部丟進垃圾箱。

「滾你的！」

晚宴後一個禮拜，荷馬洛走出醫院，發現總統正在等他，要求他陪同回旅館。他們爬上三道階梯，來到一處開了天窗、可看見灰濛濛天色的閣樓；屋裏掛一條曬衣繩，上面晾著洗過的衣裳。一張雙人床占掉一半空間，還有一張硬椅子、一個洗臉架和一個活動大臉盆，加上一個窮人用的活動櫥櫃，鏡子都模糊了。總統注意到荷馬洛的反應。

他彷彿道歉般說，「這是我學生時代住的小窩。我從法蘭西堡訂的房。」

他從一個天鵝絨袋子裏拿出最後僅剩的財產，擺在床上：有幾個鑲了各色寶石的金鐲子，一條三圈的珍珠項鍊，兩條黃金和寶石項鍊；三條帶有聖徒獎牌的金鍊子；一對黃金翡翠耳環，一對黃金鑲鑽石耳環，一對黃金鑲紅寶石耳環；兩個聖物箱和一個小匣子；十一枚各種寶石鑲飾的戒指；一頂值得王后配戴的鑽石頭冠。從一個盒子裏他另外拿出三對銀袖釦和兩對金袖釦，都有同花色的領帶夾可以搭配，還拿出一隻鍍白金的懷錶。然後他又從一個鞋盒裏拿出六件裝飾品：兩件金的，一件銀的，其他的沒什麼價值。

「這是我此生僅存的財物，」他說。

他現在沒有別的辦法，只能把這些東西賣掉來付醫藥費，他拜託荷馬洛非常非常謹慎替他辦這件事情。可是他沒有相關的收據，荷馬洛覺得礙難從命。

總統解釋說，這些是他太太的首飾，是一位殖民時代繼承了哥倫比亞金礦部分股權的祖母輩留給她的。懷錶、袖釦和領帶夾則屬於他個人。當然啦，小裝飾品絕非前人遺物。

「我不相信誰會有這類東西的收據，」他說。

荷馬洛不爲所動。

總統說，「既然這樣，我只能自己處理了。」

他故作平靜地開始收珠寶。他說，「請你原諒，親愛的荷馬洛，沒有比落難總統更難堪的貧窮了。

似乎連活下去都太可鄙。」這一刻荷馬洛相知相惜，終於棄械投降。

拉扎若那天晚上很晚才到家。她從門口看見那些首飾在水銀燈下閃閃發光，宛如看見床上有一隻蠍子。

她嚇慌了說，「別做傻事，寶貝。這些東西怎麼會在這裏？」

荷馬洛的解釋更叫她不安。她坐下來像金匠一樣小心翼翼逐一檢查那些珠寶。檢查到一半她嘆了一口氣說，「一定值不少錢。」最後她坐著呆望荷馬洛，不知道該怎麼走出進退兩難的困境。

「媽的，」她說。「我們怎麼知道那個人說的是不是全是眞話？」

荷馬洛說，「怎麼可能不是眞的？我親眼看見他自己洗衣服，晾在房間裏的曬衣繩上，就跟我們一樣。」

「因爲他吝嗇嘛，」拉扎若說。

「可能是眞窮，」荷馬洛說。

拉扎若再度檢查珠寶，可是現在她也被說服了，所以不像剛才那麼仔細。第二天早晨她穿上最好的衣裳，戴上看起來最貴的幾件首飾，每根指頭都盡量套上戒指，連拇指都不例外，兩條手臂也掛滿大小合適的鐲子，出門去推銷這些首飾。她走的時候昂首闊步笑得很開心說，「我們來看看有沒有人會向拉扎若•戴維斯討收據。」她選了一家恰當的珠寶店——商譽不高卻很會裝門面、聽說買賣珠寶不太會問東問西的那家——雖然心慌慌卻踏著穩健的步伐走進去。

一個白白瘦瘦、穿晚禮服的售貨員像演戲般一鞠躬，吻了她的手，問她需要什麼。由於鏡子和強烈的燈光，室內比白天還要亮，整間店就像鑽石做的一樣。拉扎若怕店員會看出此事的滑稽，連望都不敢望他一眼，就跟著他走到店鋪後面。

裏面有三張路易十五時代的寫字檯當做個別櫃檯使用，他請她坐到一張檯前，在檯面上鋪了一張乾淨無瑕的檯布。接著自己坐在拉扎若對面，靜靜等著。

「我該怎樣為你效勞？」

她把戒指、手鐲、項鍊、耳環和身上戴著一目瞭然的各種東西脫下來，呈棋盤狀排放在寫字檯上。她說她只是想知道這些東西價值多少。

珠寶商左眼戴上眼鏡，開始悶聲不響仔細檢查那些首飾。過了好一會兒，他一面繼續檢查一面說：

「妳是什麼地方人？」

拉扎若沒料到有此一問。

她嘆口氣說，「哎，先生，很遠的地方。」

「我料想得到，」他說。

他又不說話了，拉扎若可怕的金眼睛毫不留情地盯著他看。珠寶商特別注意那頂鑽石頭冠，把它跟別的珠寶分開放。拉扎若嘆了一口氣。

「你是百分之百的處女座，」她說。

珠寶商繼續檢查珠寶，沒停下來。

「妳怎麼知道？」

「從你的舉動判斷，」拉扎若說。

他沒答腔，一口氣把東西檢查完，然後像開頭那樣小心謹慎地跟她說話。

「這些東西是哪裏來的？」

拉扎若用繃緊的嗓門說，「是我祖母的遺產，她去年死在巴拉馬里波，享年九十七歲。」

珠寶商盯著她的眼珠子說，「很抱歉。這些東西的價値只等於黃金的重量。」他用指尖拿起那頂頭冠，讓它在眩人的燈光下發出耀眼的光芒。

他說，「只有這個例外。很古老，可能是埃及的，若非鑽石的狀況這麼差，該是無價之寶。無論如何，有一點歷史價値。」

可是其他首飾鑲的寶石，紫水晶啦，翡翠啦，紅寶石啦，貓眼石啦——全部無一例外——都是假的。珠寶商一面把首飾收起來還給她，一面說，「原先一定是眞品。可是一代傳一代轉手這麼頻繁，眞寶石陸續遺失，被換上玻璃。」拉扎若覺得反胃，深深吸了一口氣，克制內心的驚惶。店員安慰她：

「夫人，這是常有的事。」

拉扎若紓了一口氣說，「我知道，所以我才想要脫手。」

這時候她覺得自己不是鬧著玩的，就恢復了常態。她毫不遲疑地從皮包裏拿出袖釦、懷錶、領帶夾、金銀裝飾品和總統其他的貼身小東西，全部放在檯面上。

「這也要賣？」珠寶商說。

「全部要賣，」拉扎若說。

店家付給她嶄新的瑞士法郎，她真怕手指會沾上新鮮的油墨。她收下鈔票，連算都沒有算，珠寶商在門口送客，與招呼客人進門時一樣多禮。他開著玻璃門讓她通過，忽然叫住她。

他說，「夫人，還有一件事。我是水瓶座的。」

那天傍晚荷馬洛和拉扎若把錢送到旅社。經過進一步計算，他們發現錢還缺一點。於是總統把身上戴的結婚戒指、手錶和錶鍊、袖釦和領帶夾也脫下來，放在床上。

拉扎若把戒指還給他。

她說，「這不要。這種紀念性的東西不能賣。」

總統承認她的話有理，就把戒指套回指頭上。拉扎若把手錶和錶鍊也還給他。她說：「這個也不要。」總統不同意，但她給了他一點下馬威。

「誰會在瑞士賣手錶呢？」

「我們已經賣了一個，」總統說。

「對，但不是賣錶，我們賣的是黃金。」

「這也是金錶，」總統說。

拉扎若說，「不錯。可是你說不定用不著開刀，卻不能不知道時間啊。」

他的金邊眼鏡她也不肯收，雖然他另外還有一副龜殼鏡框的眼鏡。她把那些東西舉在手上，不准他再猶豫。

她說，「何況這已經夠了。」

臨走前她沒跟他商量，逕自取下他的濕衣服，拿回家曬和燙。他們騎速克達摩托車，荷馬洛掌舵，拉扎若抱著他的腰坐在後面。淡紫的暮色中街燈剛剛亮起。風吹走了最後幾片葉子，樹枝光禿禿，像拔過毛的化石屍體。一輛拖吊車沿著羅恩河畔行駛，收音機音量開到最大，沿街留下一串音樂聲。喬治・布拉森正唱著：Mon amour tiens bien la barre, le temps va passer par là, et le temps est un barbare dans le genre d’Attila; par là où son cheval passe l’amour ne repousse pas. 荷馬洛和拉扎若默默騎行，爲歌聲和回憶中的風信子的芬芳而陶醉。過了一會，她似乎由長眠中甦醒。

「媽的，」她說。

「什麼?」

拉扎若說，「可憐的老頭。好不堪的人生!」

下一個星期五，十月七日，總統動了五個鐘頭的手術，身體狀況一時又跟從前一樣不明不白了。嚴格說來，唯一的安慰是知道他還活著。十天後他搬到普通病房和其他病人同室，荷馬洛和拉扎若獲准去看他。他變了一個人：憔悴，失去判斷力，稀疏的頭髮一碰到枕頭就散開了。原先的儀容只剩雙手還算靈活優雅。他第一次嘗試用兩根矯正枴杖走路，看來叫人酸鼻。拉扎若留下來，睡在他床邊照顧他，替他省一筆私家看護的開銷。同室有個病人頭一夜因爲怕死，不斷尖叫。那些漫漫長夜消除了拉扎若最後的保留態度。

抵達日內瓦之後四個月，他出院了。荷馬洛負責管理總統的這筆小基金，非常謹愼，他付了醫院的帳單，開救護車接總統回家，還帶來其他雇員，幫忙把總統擡上八樓。他們將總統安頓在他從來沒問候過的孩子們的房間，漸漸的他才回到現實。他剛強地做復健運動，重新只用自己的枴杖走路。儘管他穿著舊日的好衣裳，但無論外表或舉動都不再是以前那個人了。他怕凜冽的嚴冬來臨

——事實上後來果眞證明是本世紀最冷的冬天——儘管醫生們勸他留下來多觀察一段時間，他仍決定搭十二月十三日由馬賽開出的船回家鄉。最後一刻連船費都湊不足，拉扎若沒告訴丈夫就想由孩子們的積蓄再刮一點錢來補足差額，結果發現剩下的錢比預期中來得少。後來荷馬洛坦承他用了那些錢湊齊醫院的欠帳，事先沒告訴她。

拉扎若認命地說，「好吧，就把他當做我們年紀最大的兒子好了。」

十二月十一日他們在大風雪中把他送上開往馬賽的火車，回家才發現孩子們的床頭几上有一封告別信，總統把自己的結婚戒指和他從來沒打算賣的亡妻婚戒留給芭芭拉，把手錶和錶鍊留給拉扎洛。因爲是星期天，有些知情的加勒比海裔鄰居帶一支委內瑞拉豎琴樂隊到科納文車站送行。總統穿著俗氣的大衣，圍者拉扎若的一條雜色長圍巾，上氣不接下氣，儘管如此，他還是站在最後一節車廂的敞篷區，在風中揮帽道別。火車開始加速，荷馬洛發覺自己手上還拿著總統的枴杖。他跑到月台末端，用力丟給總統接，但枴杖掉在車輪下，被壓扁了。眞是恐怖的一刻。拉扎若最後看到的畫面，就是總統顫抖的手伸出來抓枴杖卻搆不著，車掌抓住渾身雪花的老人身上的圍巾，在半空中救了他。拉扎若驚惶萬狀奔向丈夫，含著淚勉強笑出來。

她叫道，「老天，那人無論怎麼樣都死不了。」

依據他事後拍來的長途致謝電報，他已安全返家。此後一年多沒有再接到他的音訊。最後他們收到一封長達六頁的親筆函，簡直看不出是原來的他。疼痛又復發了，跟從前一樣劇烈也一樣準時，但他已下定決心不理它，逆來順受過日子。詩人艾美・西撒雷另外送他一根柺杖，鑲有珠貝母，但他決定不使用。六個月來他吃肉也吃各種貝類，一天最多還可以喝二十杯最苦的咖啡。可是他不再看杯底的沉澱算命了，因為預兆並沒有成眞。滿七十五歲那天，他喝了幾杯精美的馬丁尼克甜酒，覺得很對胃，而且又開始抽煙了。當然他的身體並沒有好轉，卻也沒有惡化。然而，寫這封信的眞正理由是要告訴他們：他很想回國擔任一項以國家民族榮譽為目標的改革運動的領袖，就算到頭來只換得不老死在床上的慘淡光榮，也值得了。信上最後說，這麼看來他的日內瓦之行簡直是天意。

一九七九年六月開始構思

聖者

睽別二十二年後，我在崔斯特維爾一條窄窄的暗街上見到馬嘉利托•杜瓦特，由於他說西班牙語結結巴巴，外表又像個老羅馬市民，起先我不太敢認他。他的頭髮白白稀稀的，初來羅馬時那種安蒂斯山脈知識分子的莊嚴儀態和陰鬱衣著，已經看不到痕跡，可是談著談著，我漸漸從歲月的刻痕中找回原來的他，看出他還是跟以前一樣：緘默、深不可測，像石匠一樣堅持到底。我們在昔日常去的一家酒吧喝咖啡，喝第二杯之前，我大膽提出一個內心長久揮之不去的問題。

「『聖者』到底怎麼樣了？」

他回答說，「『聖者』還在呀，還乾等著。」

只有我和男高音拉法爾•里伯洛•西爾瓦能夠瞭解這句回答是多麼沉重。我們對他的戲劇化人生太清楚了，多年來我一直認為馬嘉利托•杜瓦特是一個要找作家來描寫的書中人，我們小說家一輩子等的不就是這種角色嗎？如果說我沒讓他找到我，實在是因為他的故事結局似乎很難想像。

他來到羅馬的那個燦爛的春天，正值教皇皮亞斯十二世打嗝症狀發作，醫生和巫師都束手無策。這是他第一次離開哥倫比亞安蒂斯山高處的托林瑪村——連他睡覺的樣子都看得出來。有一天早晨，他在我們領事館露面，手提一個形狀和尺寸很像大提琴匣的光面松木盒子，說明他來找領事的奇特理由，領事就打電話給同鄉的男高音拉法爾‧里伯洛‧西爾瓦，求他在我們倆住的膳宿公寓給他找個房間。我就是這樣認識他的。

馬嘉利托‧杜瓦特只上過小學，但他的文學天賦使他拿到什麼印刷品都熱心閱讀，因此提高了自己的教育程度。十八歲擔任村書記的時候，他和一個漂亮的女孩子結婚，太太生下第一個孩子——是個女兒——不久就死了。小女孩比母親還要漂亮，卻在七歲那年死於病因不明確的發燒。但是馬嘉利托‧杜瓦特的故事卻是在他抵達羅馬之前六個月開始的，當時附近要建水壩，要求村子裏的墓地遷走，馬嘉利托跟當地其他居民一樣，把死者的骨頭挖出來，移到新墓地去。他太太已化爲塵土。可是在她隔壁的墓穴中，小女孩入土十一年居然還完好如初。事實上，他們撬開棺材蓋，還聞到當年新剪下來陪葬的玫瑰花香。不過最驚人的是她的身體居然沒有重量。

數以百計尋珍探奇的人被轟傳的奇蹟新聞吸引，紛紛湧進村內。此事不容置疑：肉身不壞是聖徒的明確徵兆，連轄區主教都同意這樣的神童應該交給梵蒂岡當局裁決。於是村民集資讓馬嘉利托‧杜瓦特到羅馬爲這個目標奮鬥，而這個目標已經不只屬於他個人，也不限於村莊的小範圍，而是攸關國家民族的問題了。

馬嘉利托‧杜瓦特在安靜的巴里歐利區的膳宿公寓中一面向我們訴說他的故事，一面開了掛鎖，掀開美麗的箱匣外蓋。男高音里伯洛‧西爾瓦和我就這樣參與了這件奇蹟。她不像世界上很多博物館裏所見的木乃伊，是一個打扮像新娘的小女孩，沉睡在地下這麼久，還安詳地睡著。她的皮膚光滑又溫暖，張開的眼睛好清澈，叫人覺得一雙眸子正由死亡世界望著我們，那種印象叫人難以忍受。頭冠上的緞子和假橘子花不如她的皮膚耐久，可是放在她手上的玫瑰卻還活生生的。我們把屍體搬出來，松木匣的重量眞的一點都沒改變。

抵達羅馬的第二天，馬嘉利托‧杜瓦特開始協商談判，先向外交單位求援，他們雖表同情卻沒什麼實質的幫助，接著他運用自己想得出的每一種策略來避開梵蒂岡當局所設立的無數障礙。他通常不大談自己採取什麼措施，可是我們知道他想過很多辦法都沒有用。他跟所有找得到的宗教會眾和基督凡人論基金會溝通，他們專心聽，卻毫無驚喜，答應立即採取行動卻什麼都沒進行。事實上現在不是最恰當的時機。一切跟羅馬教廷有關的事務都要順延到教皇打嗝的毛病治好再說，而他這個病不但最精良的學院醫術治不了，世界各地寄來的各種神奇療法也無可奈何。

最後到了七月，皮亞斯十二世身體復原，到甘多佛堡過暑假。馬嘉利托帶著「聖者」參加第一次的每週晉謁，希望能把她呈給教皇看，教皇出現在內院的一座陽台，陽台低低的，馬嘉利托看得見他塗亮的手指甲，聞得到他身上薰衣草的氣味。馬嘉利托以爲他會在各國來晉謁的觀光客羣中巡迴，結果他沒這麼做，倒用六種語言重複發表同一篇聲明，最後再普遍祝福所有的人。

多次耽擱之後，馬嘉利托決定自己來辦這件事，他送了一封長達六十頁左右的信函給教廷文書課，卻沒有回音。他早就料到了，因爲正式接受他親筆函的官員只官樣化地看了小女孩的屍身一眼，不屑於多加注意，過往的職員望著她，也一點興趣都沒有。有一個人告訴他，去年全球各地要求將完好如初的屍體封爲聖者的來函，超過八百封。最後馬嘉利托要求他們鑑定屍體沒有重量的事實。官員鑑定了，卻不肯承認。

「一定是集體暗示的例子，」他說。

在少數空閒的時間，以及乾燥的夏日星期天，馬嘉利托待在房間裏，拚命讀一些跟他的目標好像扯得上關係的書籍。每個月底，他自動在一本作文簿上詳細列出他的開銷，以資深書記精美的字體，隨時記下嚴格的新帳，要給村裏的捐款人看。一年還沒過完，他對羅馬的迷宮已經像土生土長的當地人一樣清楚，義大利話說得很流利，簡單明瞭不下於他的安蒂斯山西班牙語，對於聖徒册封過程也瞭如指掌。可是他過了好久好久才換下陰鬱的衣服、馬甲和官帽——當時在羅馬只有某些宗旨不可告人的祕密社團才這樣打扮。他每天很早就帶著裝「聖者」的匣子出門，有時候晚上很晚才回來，筋疲力盡，心情哀淒，卻總帶著一線光明，對第二天充滿了新希望。

「聖者活在他們自己的時空，」他常說。

我第一次來羅馬，在「實驗電影中心」求學，他的苦難歷程我親身體驗到，印象深得忘不了。我們的膳宿住宅是一棟現代化的公寓，離「波吉斯別莊」只有幾步路。女房東住兩個房間，另外四個房間租給外國學生。我們叫她瑪麗亞美人兒，以中年婦人來說她長得相當好看，喜怒無常，永遠恪守「每個人在自己的房間都是君王」的神聖法則。其實每天做家務的是她姊姊安東妮塔阿姨，她簡直像沒有翅膀的天使，每天替妹妹做好多家事，拿著水桶和刷子穿梭在公寓中，把大理石地板磨得光亮到不可思議的地步。她教我們吃她丈夫巴托利諾抓來的小鳴鳥——抓鳥是戰爭時期留下來的壞習慣——後來馬嘉利托負擔不起瑪麗亞美人兒的房租，她還帶馬嘉利托到她家去住。

那座無法無天的住宅非常不適合馬嘉利托的天性。每個鐘頭都有意外的事情發生，我們連清晨都會被「波吉斯別莊」動物園的獅吼聲吵醒。男高音里伯洛•西爾瓦已經贏得一項殊榮：羅馬市民並不討厭他大清早練歌。他六點起床，用冰水洗澡理療，梳理他那狀如梅斐斯托佛勒斯（譯註：浮士德劇中的魔鬼）的鬍子和眉毛，然後穿著他的格子呢浴袍，圍上中國絲巾，搽上個人專用的古龍水，全心全意練起聲樂來。他總是一把推開房間的窗戶，就算冬日的星子還在半空中，他也照樣開窗，先唱抒情歌曲暖身，一節一節漸進，到最後更放聲高唱。我們每天都可以預料：他以最高音量唱到「多」音時，「波吉斯別莊」動物園的獅子就會發出震天動地的狂吼，跟他相唱合。

「孩子，你眞是聖馬可再世，」安東妮塔阿姨常眞心讚嘆道。「只有他能跟獅子講話。」

有一天早上，答腔的居然不是獅子。男高音開始唱《奧塞羅》劇中的愛情二重唱──“Giá nella notte densa s'estingue ogni clamor”──院子底下傳來一陣美妙的女高音應答聲。男高音繼續唱，兩個聲音唱出了整支選曲，鄰居聽了大樂，紛紛開窗讓自己的家接受這曲情歌的洗禮。男高音聽說這位沒見到面的《奧》劇女主角黛絲狄夢娜不是別人，正是偉大的女歌手瑪麗亞．卡尼格利亞，差一點昏倒。

印象中是這個插曲使馬嘉利托．杜瓦特有了充分的理由參加宿舍的生活。從那個時候開始，他跟我們大家同桌吃飯，不再像起初躲在廚房，幾乎每天享用安東妮塔阿姨燉給他吃的鳴鳥肉。吃完飯，瑪麗亞美人兒會出聲念每天的報紙給我們聽，教我們義大利語音學，還用武斷又機智的口氣評論報上的新聞，給我們的生活帶來不少樂趣。有一天提到「聖者」，她告訴我們巴勒摩市有一個大博物館，裏面藏了一些男人、女人和小孩的不朽屍身，甚至還有幾位主教，都是從同一處卡布齊亞公墓挖出來的。馬嘉利托聽了這個消息，片刻不得安寧，後來我們前往巴勒摩，他瞥了一眼那邊陳列的許多沒沒無聞的木乃伊，說出了頗感安慰的評語。

他說，「不一樣，你一眼就可以看出他們是死的。」

午餐後，羅馬市陷入八月的酣眠中。下午的陽光在空中一動也不動，兩點鐘一片死寂，全城除了水聲什麼都聽不見，那是羅馬的自然音。可是到七點左右，大家都推開窗戶來引進漸起的涼風，歡欣鼓舞的人羣走上街道，只爲了在噗噗的摩托車陣中，香瓜小販的吆喝聲中，以及各露台的鮮花和情歌聲中，好好活下去。

我和男高音不睡午覺。「波吉斯別莊」的古老月桂樹下常有暑期小妓女留連，在艷陽下守候睡不著的觀光客，我們總是騎著偉士牌機車——男高音掌舵，我坐後面——拿冰和巧克力去送給她們。她們漂亮、貧窮、親切，跟當時大部分義大利女人差不多，或穿藍色薄紗衣，或穿粉紅毛葛，或穿綠色麻紗，手上撐著戰爭時期被子彈打壞的破陽傘遮太陽。跟她們在一起眞是賞心樂事，她們不顧這一行的行規，不惜失掉一個好嫖客，陪我們在街角的酒吧喝咖啡聊天，或者搭馬車環遊公園小徑，或者跟我們描述黃昏騎馬沿著大道去來的遜位王侯和他們可憐的姬妾，害我們心中充滿同情。我們不只一次替她們和走入歧途的外國人充當翻譯。

我們帶馬嘉利托•杜瓦特到「波吉斯別莊」，倒不是爲了她們：我們要他看看那頭獅子。猛獅被關在籠子裏，擺在一道深壕溝中間的小荒島上，一看到我們出現在遠遠的岸邊，就開始激動地狂吼，使得管理人非常驚訝。公園的遊客都吃驚地圍攏過來。男高音放聲大唱早晨的「多」音，表明身分，可是獅子根本不理他。牠好像是對我們一視同仁大吼大叫，可是管理人馬上就知道牠是叫給馬嘉利托一個人聽的。一點不假：他一動獅子就動，他一走出視線外，獅子就不叫了。管理人擁有西娜大學的古典文學博士學位，他以爲馬嘉利托那天接觸過別的獅子，身上帶著牠們的氣味。這個推論根本不成立，可是除此之外他實在想不出別的解釋。

他說，「無論如何，那是同情的獅吼，不是戰鬥的獅吼。」

男高音里伯洛•西爾瓦印象最深的倒不是這段神奇的插曲，而是他們在公園裏停下來和女孩子談話的時候，馬嘉利托那種不知所措的樣子。他在餐桌上談起來，我們都同意——有人只是想惡作劇，有人是眞的同情——不妨幫馬嘉利托解除心中的寂寞。瑪麗亞美人兒被我們的好心腸感動，戴滿假寶石戒的雙手緊按著一對堪比聖經傳奇女族長的大乳房。

她說，「基於慈悲我願親自出馬，只是我向來受不了穿馬甲的男人。」

於是男高音在午後兩點騎著偉士牌機車到「波吉斯別莊」，帶回一位他認爲最能好好陪伴馬嘉利托·杜瓦特一個鐘頭的小蝴蝶。他在自己的臥室裏叫她脫光衣服，用香皀替她洗澡，替她擦乾，給她抹上他自己用的古龍水，還替她全身撲上他刮鬍子後用的樟腦味滑石粉。然後照她已經用掉的時間支付鐘點費，外加一小時，還一步一步告訴她該怎麼做。

一絲不掛的小美人躡手躡腳穿過陰涼的房舍，像午睡的夢境一般，來到後臥房門口，輕輕敲兩下，馬嘉利托·杜瓦特打赤腳沒穿襯衫露面了。

她以女學生的口氣和舉止說，「晚安，年輕的先生。男高音叫我來的。」

馬嘉利托莊嚴地接受這個震撼。他把門大開，放她進來，女孩子躺在床上，他卻趕快穿上襯衫和鞋子，畢恭畢敬接待她。接著他坐在她旁邊的椅子上，開始交談。女孩子大惑不解，一直催他快一點，說他們只有一個鐘頭的時間。他好像聽不懂。

事後那個女孩子說，無論他要她陪多久她都肯，而且不收一文錢，因爲世上再也找不到更乖的男人了。當時她不知道該做什麼，就四顧屋內，發現壁爐邊有個木匣。她問裏面裝的是不是薩克斯風管。馬嘉利托沒答腔，把遮簾拉開，讓屋裏流入一點光線，把木匣拿到床上，掀開蓋子。女孩子想說話，嘴巴卻傻傻張著說不出話來。她事後告訴我們：「害我背部發冷。」她嚇得逃出去，結果在大廳迷路，撞上正要到我房間換燈泡的安東妮塔阿姨。她們倆都很害怕，女孩子再也不敢踏出男高音的房間一步，到了深夜才離開。

安東妮塔阿姨始終不知道怎麼回事。她到我房間來，嚇得要命，雙手發抖，根本轉不動燈泡。我問她怎麼啦。她說，「這屋裏有鬼，而且是現在大白天。」她信誓旦旦說大戰期間男高音住的那個房間有個德國軍官拿刀割斷了情婦的咽喉。安東妮塔阿姨來來去去做家事的時候，常常看到受害美女的幽靈在長廊走動。

她說，「我剛剛還看見她赤身露體走過大廳。就是她沒錯。」

羅馬又恢復了秋天的常規。開滿鮮花的夏日露台隨著第一陣秋風關閉，我和男高音回到崔斯特維爾區我們以前常去的地方，跟卡羅•卡爾卡格尼伯爵的聲樂學生，以及我一些電影學校的同學一起吃飯——我的同學中最忠誠的要數一位聰明和藹的希臘人拉基斯，如果說他有什麼缺點，就是喜歡來一段社會不公之類的疲勞轟炸。幸虧男高音們和女高音們總是放聲高唱一些歌劇選曲，把他的長篇大論壓下去，反正誰聽了都不嫌煩，就是午夜過後也沒人介意。相反的，有些深夜的過客還參加合唱，鄰居們也開窗鼓掌。

有一天晚上我們正在唱歌，馬嘉利托躡手躡腳進來，怕打斷我們。他拿「聖者」去給拉特拉諾的聖喬凡尼教區神父看——聽說此人對於聖公理會的影響盡人皆知——事畢來不及把松木匣子留在膳宿公寓，就隨手提著。我眼角瞥見他把匣子放在一張孤零零的餐桌下，靜靜坐著等我們唱完。午夜過後飲食店漸漸空了，我們照例把幾張桌子併在一起，那些唱歌的，我們這些談電影的，還有我們所有的朋友，都坐成一堆。其中總少不了馬嘉利托•杜瓦特，那兒的人已經知道他是個身世如謎、沉默又憂鬱的哥倫比亞人。拉基斯很好奇，問他是不是拉大提琴。我沒想到他會這麼魯莽，一時不知怎麼應付。男高音也覺得很不舒服，無法挽救這個局面。只有馬嘉利托自自然然回答他的問題。

他說，「不是大提琴，是『聖者』。」

他把匣子放在桌上，開了掛鎖，掀起蓋子。全餐館的人都驚呆了。其他顧客、服務生，甚至穿著沾血圍裙的廚房人員，都訝然圍過來看這個奇蹟。有人在胸前劃十字。其中一位廚娘忍不住激烈顫抖，雙膝跪地，雙手合握，默默地祈禱。

最初的騷動過後，我們開始大聲議論這個時代缺少聖徒事蹟。拉基斯當然最激進。最後唯一清晰的概念就是他要拍一部有關「聖者」的批判電影。

他說，「我相信老西沙雷絕不會放過這個題材。」

他是指教我們「情節發展」和「電影腳本寫作」課程的西沙雷•扎瓦提尼。他是電影史上的大人物之一，大師中也只有他在課外跟我們保持個人關係。他不但教我們電影技藝，還想教我們用不同的眼光來看人生。他像一架杜撰情節的機器。情節自然而然從他腦中湧出，幾乎是情不自禁，而且速度極快，構思中他總是邊想邊說，需要人在旁邊幫他記錄。等到全部完成，他的熱誠才會減退。「可惜必須拍成電影，」他常說。他認為這些東西搬上銀幕會失去不少原來的魔力。他把好點子記在卡片上，按題材排列，釘在牆壁，點子實在太多，釘滿了家中的整個房間。

下一個星期六，我們帶馬嘉利托•杜瓦特去見他。扎瓦提尼的生命欲求實在太強了，我們發現他等在聖安琪拉梅里奇街的住宅門口，對於我們在電話中跟他講的點子興趣盎然。他甚至沒有像平時那樣和藹地問候我們，卻把馬嘉利托引到他準備好的一張檯子邊，親自打開匣子。這時候一件我們難以想像的事情發生了。我們以爲他會慷慨激昂，想不到他卻宛如頭腦痲痺一般。

「嚇死人！」他驚惶地低聲說。

他默默看了「聖者」兩三分鐘，親自關上長匣，把馬嘉利托當做初學走路的小孩，一語不發領他到門口，拍了他的肩膀幾下，向他道別。「謝謝你，孩子，非常感謝你，」他說。「願上帝與你同在，陪你奮鬥。」他關上門的時候，轉向我們，說出了他的結論。

他說，「不適合拍電影。沒有人會相信這種事。」

我們搭電車回家，一路都在想這意外的教訓。他既然這麼說，一定不假：故事不精采。可是到了膳宿公寓，瑪麗亞美人兒正等著我們，特意傳達一則緊急的口訊，說扎瓦提尼那天晚上等著見我們，但是不包括馬嘉利托。

我們發現大師正處於星光燦爛的狀態。拉基斯帶來兩三位同學，大師開門的時候，好像根本沒看到他們。

他嚷道，「我想到了。如果馬嘉利托演出一則奇蹟，讓小女孩復活，影片一定會轟動。」

「在電影中復活還是眞的復活？」我問道。

他壓住滿腔的懊惱。「別說傻話，」他說。可是接下來他的眸子忽然閃閃發亮，我們看出他想到了什麼難以抗拒的好點子。「萬一他可以眞的讓她復活呢？」他說著又一本正經加上一句：「他應該試試。」

這只是腦中閃過的一絲誘惑，後來他接下去繼續講。他像一個快活的瘋子，開始在每一個房間踱來踱去，揮動雙手，大聲詳述電影內容。我們聽他說話，簡直迷住了，彷彿可以看見一個個影像出現在眼前，活像他放出一羣羣磷光閃閃的鳥兒，滿屋子瘋狂亂飛。

他說，「在二十位左右拒絕他的敎皇死了以後，馬嘉利托衰老又疲乏，有一天晚上他走進家門，打開木匣，撫摸已故小女孩的面孔，懷著無限柔情說，『孩子，爲了妳父親的愛，起來走動吧。』」

他看著我們大家，做出凱旋的手勢說：

「她眞的復活了！」

他等待我們的反應。可是我們都迷迷糊糊，想不出話來說。只有希臘人拉基斯跟課堂上一樣，舉手要求發言。

他說，「問題是我根本不相信這回事，」出乎意料之外他對扎瓦提尼說：「對不起，大師，我不相信。」

輪到扎瓦提尼感到震驚了。

「爲什麼不信？」

拉基斯難過地說，「我怎麼知道？不可能有這種事嘛。」

「累死人！」大師吼聲如雷，大概附近的人都聽到了。「史達林主義者最讓人受不了的就是這一點：他們不相信現實。」

根據馬嘉利托自己的說法，後來的十五年間，只要有機會展示「聖者」，他就把她帶到甘多佛堡。有一次兩百位左右拉丁美洲來的朝聖者晉謁教皇，他在眾人的推擠衝撞中，好不容易才向仁慈的約翰二十三世說出他的故事。可是當局怕有人謀刺教皇，規定小女孩的遺體必須和其他朝聖者的背包一起放在門口，所以他未能呈給教皇看。教皇在人羣中儘可能專心聽，還拍拍他的面頰以示鼓勵。

他說，「了不起，孩子，上帝會酬賞你的堅忍不拔。」

不過，到了笑咪咪的阿爾賓諾‧魯西阿尼當教皇的那段短暫時光，馬嘉利托才眞的覺得美夢快要實現了。教皇的一位親戚被馬嘉利托的故事感動，答應插手幫忙。沒有人把他的話放在心上。可是兩天後，大夥兒正在膳宿公寓吃午餐，有人打電話給馬嘉利托，留下一個簡單又緊急的口訊：請他千萬不要離開羅馬，因爲星期四以前他會被傳喚到梵蒂岡宮做一次個別晉謁。

沒有人知道對方是不是開玩笑。馬嘉利托不覺得是玩笑話，就留心等著。他沒有走出家門半步。如果要去浴室，他會宣布：「我要去浴室。」瑪麗亞美人兒漸漸進入老年期，依然妙語如珠，常發出她特有的自由婦人的笑聲。

她嚷道，「馬嘉利托，我們知道，以防教皇來召喚。」

下週某一天大清早，馬嘉利托看見門縫下塞進來的報紙頭條新聞：「教皇駕崩」，他差一點昏倒。他一時有個錯覺，以爲是報童送錯了舊報紙——實在很難相信每一個月都會死一個教皇啊。但消息千眞萬確：三十三天前選出的笑臉教皇阿爾賓諾‧魯西阿尼，已在睡夢中去世。

我在初識馬嘉利托‧杜瓦特二十二年後重遊羅馬，如果不是兩個人意外相逢，我可能根本不會想到他。天氣惡劣，我心情不好，所以不會想到任何人。暖湯一般的白痴毛毛雨下個不停，以前那種鑽石陽光已變得泥濁濁的，曾經屬於我且在記憶中念念不忘的地方現在對我而言十分陌生。膳宿公寓那棟大樓還沒變，可是已沒有人知道瑪麗亞美人兒的消息。多年來男高音里伯洛•西爾瓦先後給了我六個不同的電話號碼，打過去都沒人接。我跟新的電影界人士吃早餐，提到老師的舊事，全桌的人突然悶聲不響，過了一會才有人鼓起勇氣說：

「扎瓦提尼？沒聽過。」

這話不假：沒有人聽過他的消息。「波吉斯別莊」的樹木在雨中亂蓬蓬的，失意妃子們騎馬走過的路已經長滿無花的荒草，當年的公園美女換上愛穿異性奇裝異服的運動型陰陽人。在快要絕跡的所有風物中，唯有獅子存活下來，在乾水窪圍繞的孤島中滿身疥瘡，還有傷風的毛病。史巴娜廣場的塑膠飲食舖沒有人唱歌，也沒有人害相思病死掉。我們回憶中的羅馬現在已成了凱撒時代古羅馬城中的另一個古羅馬了。這時候一個很像昔時傳過來的聲音在崔斯特維爾的一條窄街上突然叫住我：

「嗨，詩人。」

是他，衰老又疲憊。已經死了四個教皇，永恆的羅馬正露出開始衰朽的初兆，而他還在等。「我已經等了這麼久，現在不會太久了，」我們吐露了將近四小時的懷舊心聲之後，他向我告別，「說不定再過幾個月就有結果。」他一步一步沿著街心往前挪，腳穿戰鬥靴，頭戴老羅馬人的褪色小帽，光線漸暗，他對下雨造成的水窪視若無睹。此時我已完全確定「聖者」就是馬嘉利托本人，即使以前曾有疑惑，那一刻也完全消除了。他還在世，藉著女兒不朽的肉身，他不知不覺爲自己被册封爲聖者的正當目標奮鬥了二十二年。

一九八一年八月開始構思

睡美人與飛機

她美麗又靈活，柔軟的肌膚呈麵包色，眼珠子像綠色的杏仁，一頭披肩的長髮又黑又直，那種古典氣質說是印尼的也行，說是安蒂斯山脈的也行。她穿著的品味相當精緻：一件山貓皮襖，一件生絲細花襯衫，一條天然痲紗長褲，一雙鑲有九重葛顏色細邊的鞋子。「這是我一生見過最美的女人」，我在巴黎戴高樂機場排隊等著登記劃位，看見她像母獅般偷偷大步走過，我心中如此暗想著。她恍如幽靈鬼魅，只存在片刻，馬上消失在候機室的人潮中。

那是早上九點。下了一夜的雪，市街上人車比平常擁擠，公路的車行也比平常慢，拖曳卡車排在路肩，汽車在雪地上冒著熱氣。但在候機室裏仍是春天。

我排在一位荷蘭老太太後面，她為十一件行李的重量斤斤計較，吵了將近一個鐘頭。我開始感到無聊，這時候我看見幽靈美女無聲無息走過去，所以沒注意前面的爭吵什麼時候結束了。票務員指責我心不在焉，我才從雲端回到現實。我托故問她相不相信一見鍾情這回事。她說，「當然。別種愛情反而不可思議。」她眼睛盯著電腦螢光幕，問我要坐吸煙區還是非吸煙區。

我故意惡毒地說，「無所謂，只要別坐在十一件行李旁邊就好了。」

她露出商業化的笑容，表示激賞，眼睛卻沒離開螢光幕。

她叫我：「選個號碼，三、四或七。」

「四。」

她泛出勝利的笑容。

她說，「我在這邊工作十五年，你是第一個不選七的客人。」

她把座位號碼寫在我的登機證上，隨同其他文件一起交還給我，第一次用葡萄色的眸子盯著我看──在我沒有再見到「美人兒」之前，那雙眼睛還差強人意。這時候她才通知我，機場剛剛關閉，所有的班機都往後延。

「延多久？」

「要看老天爺的意思，」她笑著說。「今天早上收音機播報說，這可能是今年最大的一場暴風雪。」

她說錯了：是本世紀最大的暴風雪。但在頭等艙候機室，春天眞實存在，花瓶裏插著活生生的玫瑰，連罐裝的音樂都如作曲者預期的那般崇高和寧靜。我突然想到，這是「美人兒」最恰當的避風港，就在別的候機區找她，心中暗暗吃驚自己居然這麼大膽。可是大部分的人都是現實生活裏的普通男性，他們正在看英文報紙，太太們則眺望窗外陷在雪堆裏的飛機、結冰的工廠、被猛獅蹂躪的樺希區大原野，腦中想著別人。到了中午已經沒有地方坐，裏面熱得叫人受不了，我就逃出去吸一口新鮮的空氣。

到了外頭，我看見一個橫掃千軍的畫面。各種各樣的人擠進候機室，駐紮在窒悶的走廊甚至樓梯，帶著動物、小孩、旅行裝備橫七豎八癱在地板上。跟市區的通訊也中斷了，這座透明塑膠的宮殿像一個大太空梭擱淺在風雪中。我忍不住暗想，「美人兒」一定也在這些被馴服的游牧民族羣落裏，幻想使我有了等待的新勇氣。

到了午餐時間，我們發覺自己宛如遭到了船難。七家飯館、自助小餐館、打包吧檯外大排長龍，不到三個鐘頭吃的喝的全賣光了，只好關門。孩子們——一時之間好像全世界的小孩都在這裏——同時哭起來，人羣中開始冒出獸類的腥騷味。那是運用本能的一刻。搶了半天，我只在兒童店鋪買到最後兩杯香草冰淇淋充飢。顧客走後，服務生把椅子疊在桌面上，我在櫃檯慢慢吃，看見鏡中的自己拿著最後一個小紙杯和最後一根小紙湯匙，腦子裏想著「美人兒」。

本來預定早晨十一點飛往紐約的班機，到晚上八點才起飛。我好不容易上了飛機，頭等艙的其他旅客已經就座，一位空中服務人員替我帶位。我的心臟都快停掉了。在我隔壁靠窗的位子上，「美人兒」正以旅行專家的絕佳技藝占據著屬於她的空間。「我如果寫下來，一定沒人信，」我暗想。我結結巴巴打了一聲不太明確的招呼，她沒有聽見。

她安坐在那兒，活像要在那邊住好幾年似的，每一樣東西都依序擺在恰當的位置，整個座位安排成一處理想的家園，樣樣東西伸手可及。這時候一位空中少爺給我們端來迎賓香檳。我拿起一杯要給她，想一想又及時打住了。她只要一杯水，而且先後用不太容易懂的法語和稍微流利些的英語吩咐空中少爺：飛行期間無論如何不要叫醒她。她那溫馨、嚴肅的語調帶有一點東方的悲涼。

他端來一杯水，她把外型很像老祖母皮箱的銅框化粧箱放在膝上，從一個裝有各色藥丸的盒子拿出兩粒金色藥丸。她做每一件事都按部就班，莊嚴肅穆，宛如生下來就沒碰過什麼預料之外的事情。最後她拉下窗口的遮簾，把椅背盡量放低，及腰蓋一件毛毯，沒脫鞋，戴上眼罩，轉身背向著我，就這樣睡去。飛往紐約的八個鐘頭又十二分鐘，她沒有停頓，沒有一聲嘆息，姿勢也沒有一點點改變，一路睡到底。

那是熱情如火的旅程。我素來相信大自然中沒有一樣美麗的東西會比美人兒更漂亮，我片刻都逃不開身旁這位童話仙子的魔咒。飛機起飛後，剛才的空中少爺不見了，換上一位信奉笛卡爾哲學的服務人員，他想叫醒「美人兒」，給她一個漱洗化粧包和一套聽音樂用的耳機。我把她對空中少爺的吩咐說給他聽，可是他堅持要「美人兒」親自開口，才相信她晚餐也不吃。空服員確認了她的吩咐，但還是指責我，只因「美人兒」沒在脖子上掛一塊「請勿打擾」的小紙板告示牌。

我孤零零吃晚餐，默默告訴自己她若醒了我要跟她說哪些話。她睡得實在太熟了，我一度以爲她服藥不是爲了催眠而是要自殺，心裏很不安。每次喝飲料我都舉杯敬她。

「祝妳健康，美人兒。」

晚餐吃完，機艙裏燈光暗下來，放一部電影，根本沒人看，我們倆在暗夜中獨處。本世紀最大的暴風雪停了，大西洋的夜廣大無邊，澄澈透明，飛機在羣星之間好像一動也不動。於是我仔細看她，一吋一吋，看了好幾個鐘頭，發覺她額上偶爾掠過作夢的痕跡，像雲影掠過水面，這是唯一的生命徵兆了。她脖子上戴一條很細很細的鍊子，貼著金黃色肌膚幾乎看不出來，十全十美的耳朵沒穿耳洞，指甲泛出健康的桃紅色，左手戴一枚素面戒指。她看起來不超過二十歲，我安慰自己說那不是婚戒而是暫訂盟約的徵兆。「知你安眠，乃克己之佳徑，純眞行止，近在受拘臂膀邊……，」我端著冒泡的香檳默念吉拉德·狄亞哥偉大的十四行詩。接著我把椅背降到跟她同一高度，兩個人並躺著，就算一對夫妻睡在床上也沒有貼這麼近啊。她呼吸的起伏變化跟她聲音的起伏變化是一樣的，她的肌膚散發出一股淡香，必是美的氣味無疑。簡直不可思議：頭一年春天我剛讀過川端康成一本很美的小說，書中描寫京都的古中產階級花一大筆錢夜觀城內美女服了藥赤身露體安眠，他們只能靜臥在同一張床上，爲愛苦悶掙扎。他們不能吵醒她們，不能碰她們，而且他們連試也沒試過，因爲他們快樂的精華就在於靜觀美女的睡姿。那一夜我靜觀「美人兒」安睡，不但瞭解那種老年型的高尚修養，也實踐到了極致。

我的自負被香檳勾動起來，自言自語說，「誰會想到我在晚近的今天居然變成日本古人了。」

我禁不住香檳的效力和電影瘖瘂的爆炸力，大概睡了幾個鐘頭，醒來後，腦袋痛得好像要裂開似的。我走到洗手間。在我後面隔兩個位子，那位帶十一件行李的老太太四仰八叉酣睡著，活像戰場上被遺忘的屍體。她的眼鏡串著一條彩色珠鍊，掉在走道中間的地板上，我故意不撿起來，暗暗享受淘氣的快樂。

我排掉過多的香檳之後，瞥見鏡中的自己，又醜又賤，沒想到愛情的蹂躪這麼可怕。飛機沒有預警突然降下一段高度，然後勉力拉平，繼續全速往前飛。「回到座位」的標示亮起來。我趕忙出去，希望老天爺的擾動能吵醒「美人兒」，她會躲進我懷裏來壓驚。匆忙中我差一點踏到荷蘭老太太的眼鏡——如果踩到那才開心呢。可是我重整步伐，把眼鏡撿起來，放在她膝上，心中突然感謝她沒在我之前選上四號座位。

「美人兒」眞能睡，居然沒被震醒。飛機穩定下來之後，我恨不得找個藉口搖醒她，這最後一個鐘頭的行程我實在很想看她醒來，就算她發脾氣也沒有關係，這樣我才能恢復我的自由，甚至我的青春，但我忍住了。我不能這麼做。我輕蔑地對自己說，「媽的，我爲什麼不是金牛座！」

在降落燈亮起那一刻，她自己醒來，漂漂亮亮，容光煥發，宛如剛才是睡在玫瑰花園裏。這時候我才發覺：飛機上並坐的人原來跟老夫老妻一樣，醒來是不互道早安的。她也沒說早安。她脫下眼罩，睜開亮晶晶的眸子，把椅背弄直，推開毛毯，抖一抖頭髮，頭髮自然而然垂落下去，又把化粧箱放回膝蓋上，快速化了個其實不必要的粧，花的時間恰到好處，在機門打開之前沒看我一眼。接著她穿上山貓皮襖，差一點踩到我，便用純正的拉丁美洲西班牙語客套地道個歉，儘管我曾努力使彼此共處的夜晚快活度過，她卻不告別也不道謝，就此消失在紐約亞馬遜叢林的今日陽光中。

一九八二年六月開始構思

賣夢的人

有一天早上九點鐘，我們在艷陽下的「哈瓦納里維拉旅社」露台上吃早餐，一陣巨浪襲來，捲起海堤邊在路面上行駛的幾輛汽車和停在人行道上的汽車，其中一輛被嵌入旅社側牆。宛如炸藥爆炸，整幢二十層樓的人都驚慌莫名，門口的大玻璃也被震得粉碎。旅社大廳有很多觀光客隨同家具被拋得半天高，有些人被冰雹一般的碎玻璃割傷。那陣浪一定大到極點，沖過海堤和旅社之間寬濶的兩線道，還有威力震碎玻璃。

樂於服務的古巴義工在消防隊協助下，不到六個小時就把殘骸瓦礫撿走，封閉水門，另外裝上一個，於是一切又恢復正常。整個早上沒有人擔心那輛嵌進牆裏的汽車，大家都以為它原先是停在人行道上的。等起重機把它從牆裏拉出來，才發現一個女人的屍體被安全帶牢牢栓在駕駛座上。撞擊實在太猛，她身上沒有一根骨頭是完整的；臉部全毀，靴子裂開，衣服破破爛爛。手上戴一枚蛇身翡翠眼的金戒指。警方查出她是新來的葡萄牙大使夫婦的管家，兩週前才跟他們來到哈瓦納，那天早上開一輛新車上市場。我看到報上的新聞，對她的名字沒什麼印象，但我對那枚蛇形戒指和翡翠蛇眼感到很好奇，卻看不出她是戴在哪一根手指。

戒指戴什麼地方是關鍵性的資料，我擔心她就是一位我覺得很難忘卻不知道眞實姓名的女人，那人右手食指也戴過同樣的戒指，在當時甚至比現在更罕見。我是三十四年前在維也納一處拉丁美洲學生常光顧的酒館吃香腸、水煮馬鈴薯，喝生啤酒的時候認識她的。那天早上我從羅馬來，看到她那女高音般的壯觀胸脯、大衣領上軟塌塌的狐尾巴，以及蛇形的埃及戒指，至今忘不了自己當時的反應。她說著初級西班牙語，腔調冷脆，一口氣都不喘，我以爲她是長木桌上唯一的奧國人。噢，不對，她生在哥倫比亞，兩次大戰之間她還半大不小時來到奧國學音樂和聲樂。初見那年她大約三十歲，可是看不出確切的年齡，因爲她本來就不漂亮，且已開始未老先衰。但她是個很有魅力的人，而且非常令人敬畏。

維也納還是個老帝都，二次大戰期間位居兩大不妥協的陣營之間，成爲黑市買賣和國際間諜活動的天堂。我實在想不出還有什麼地方比這兒更適合我的難民同志，爲了不忘本，她還在轉角的學生酒館用餐，其實她的錢夠請全桌的朋友還有餘。她從來不說出眞名實姓，維也納的拉丁美洲學生爲她取了個德文繞口令式的外號，我們就這麼稱呼她：芙麗達夫人（Frau Frieda）。人家介紹我跟她認識，我失禮地問她怎麼會從多風的昆廸歐巉巖來到這麼遠這麼不一樣的世界，她唐突地應了一句：

「我賣夢。」

實際上那正是她唯一的職業。她生在老卡爾達斯的一個富鞋商家庭，家中有十一個小孩，她排行老三，剛學會講話不久，便爲家人立下了早餐前說夢的慣例，只因那個時間夢還保存了最純粹的預言品質。她七歲那年曾夢見一個弟弟被洪水沖走。小男孩最愛到小溪游泳，母親基於迷信，禁止他游。可是芙麗達夫人那時已有了自己的一套預言解夢方式。

她說，「那個夢的意思不是說他會淹死，而是說他不該吃糖果。」

對於星期天不吃糖就活不下去的五歲小男孩來說，她的解析簡直是可恥可惡。母親相信女兒的預言天才，以鐵腕遵行這項預警。可是有一次她稍一疏忽，小男孩偷吃了一塊牛奶糖，結果哽住不能呼吸，終於回生乏術。

芙麗達夫人從來沒想過可以靠預言天才謀生，直到酷寒的維也納冬天，她差一點活不下去，看到一間她想住的房子，就上門找工作，人家問她會做什麼，她老實說：「我會作夢。」她向女主人稍做解釋，主人立刻雇用她；薪水只夠應付微薄的開銷，但她有個好房間可住，有三餐可吃——尤其是早餐，全家都會坐下來聆聽每一位成員當下的福禍；那一家的父親是高尚的金融家，母親是醉心於浪漫主義室內樂的樂天婦人，兩個小孩一個十一歲，一個九歲。他們信教都很虔誠，所以也很迷信，很高興雇用芙麗達夫人，她唯一的任務就是透過作夢來解讀一家人每天的命運。

她很稱職，而且幹了很久，尤其戰爭期間現實比惡夢還要險惡，家人更少不了她。早餐時刻只有她能決定每個人當天該做什麼，該怎麼做，後來她的預言簡直成了家裏唯一的權威。她對家人的控制是絕對的：沒有她下令，誰也不敢吐出最微弱的一聲嘆息。男主人大約在我旅居維也納期間去世，好心留給她一部分地產，條件是要她繼續替家人作夢，直到她的夢源枯竭。

我在維也納待了一個多月，正在等一筆錢，錢卻始終不來，只得跟別的學生一樣吃苦受罪。芙麗達夫人出其不意慷慨光臨小酒館，在我們的赤貧生活中不啻是節慶來臨。有一天晚上她喝過啤酒樂陶陶的，忽然對著我的耳朵說了一句話，信誓旦旦，不容耽擱。

她說，「我只是來告訴你，昨天晚上我夢到你了。你必須立刻離開，五年不能回維也納。」

她的判決活靈活現，所以當天晚上我就搭最後一班火車前往羅馬。我受她的話影響，一直相信自己已經從某一場沒有經歷到的災難中浩劫餘生。我至今還不曾回維也納。

哈瓦納大難之前，我曾在巴塞隆納見過芙麗達夫人，非常意外也非常偶然，我覺得好玄喔。那天帕布羅・聶魯達在內戰後第一次踏上西班牙國土，他是搭船大老遠到瓦巴瑞梭，途中過站停留。

他跟我們到舊書店找大獵物找了一個早上，在波特書店買了一本裝訂已破破爛爛的枯乾老書，花了他在仰光領事館兩個月左右的薪水。他像行動不便的大象，在人羣中挪移，對於每一樣東西的內部構造都懷著赤子的好奇心，在他眼中世界宛如一個自己有生命的大發條玩具。

我還沒見過誰比他更接近印象中的文藝復興時代的教皇：胃口奇佳，高尚文雅。他雖然不願，卻老是坐餐桌的主位。他太太瑪蒂達總是給他圍一條比較像理髮用而不太像吃飯用的圍兜，但只有這樣才能防止他沾滿一身醬料。那天在卡瓦萊拉斯便是典型的例子。他吃了三整隻龍蝦，以外科醫生的技巧慢慢解剖，同時眼睛還死盯著別人的盤子，不時從每一盤津津有味地嘗一口，結果大家都傳染到他的食慾：大啖加里西亞來的蛤蜊、坎塔布里亞的貽貝、阿里坎特的蝦、布拉瓦海岸的海參。他像法國人一樣，談的盡是各地的名菜佳餚，尤其是智利的史前甲殼類，他一直念念不忘。突然間他停下吃喝，調整龍蝦觸鬚的角度，用非常安靜的口吻說：

「我後面有人一直盯著我看。」

我看看他後方，果然不錯。隔著三張桌子坐著一位大膽的婦人，頭戴老式毛氈帽，圍一條紫色圍巾，正不慌不忙吃東西，眼睛盯著他瞧。我立刻認出她來。她變老變胖了，但她食指上戴著蛇形戒指，是芙麗達夫人沒錯。

她從那不勒斯來，跟聶魯達夫婦搭同一艘船，但在船上彼此並沒有碰過面。我們邀請她來我們這桌喝咖啡，我鼓勵她談談她的夢，好嚇詩人一跳。他置之不理，從一開始他就宣布他不相信夢兆。

「只有詩具有洞察力，」他說。

午餐後難免要順著「大街」散步，我跟芙麗達夫人故意落在後面，想談談往事，不讓別人聽。她說她已經賣掉奧國的產業，退隱到葡萄牙的歐柏托，住的房子據她形容是山上的一幢假古堡，可以一路越過大洋遠眺拉丁美洲。她雖然沒有明說，可是從交談中可以聽出，一個夢一個夢下來，她已完全接掌了維也納東家的財富。我一點也不吃驚，我本來就覺得她的夢不過是一種求生的策略。我把實話告訴她。

她發出極為誘人的笑聲。「你還是跟以前一樣沒禮貌，」她說。這時候其他的人已經停下來，聶魯達正用智利俚語對巴雅洛斯大街旁的鸚鵡說話，大家在等他，於是她不再說什麼。等我們又有機會交談時，芙麗達夫人改變了話題。

她說，「對了，你現在可以回維也納了。」

這時候我才注意到我們初識至今已隔了十三年。

我告訴她，「就算妳的夢不靈，我也不回去。以防萬一。」

三點鐘我們離開她，陪聶魯達到我們家睡午覺。臨睡前的準備好鄭重其事，叫人想起日本的茶道：某幾扇窗必須打開，某幾扇窗必須關上，暖度才能十全十美，還要有某一種方向的某種光線，而且絕對不能有任何聲音。聶魯達立刻睡著，十分鐘後就醒了，像小孩子一樣，出乎大家意料之外。他容光煥發出現在客廳，臉頰上還印有枕套上的字母圖案。

「我夢見那個作夢的女人，」他說。

瑪蒂達要他說出夢的內容。

「我夢見她夢到了我，」他說。

「這是波赫士的話嘛，」我說。

他失望地看著我。

「他已經寫出來了？」

我說，「就算還沒寫，總有一天會寫的。那將是他的迷宮之一。」

那天晚上六點鐘，聶魯達上了船，立刻跟我們告別，找一張孤零零的桌子坐下，開始用他簽名贈書時畫花、畫魚、畫鳥的綠色墨水寫出流暢的詩篇。「訪客全部上岸」的命令一起，我們立刻找芙麗達夫人，起先沒找到，正想不告而別，才在觀光客甲板找到她。她也睡過午覺了。

「我夢見那個詩人，」她說。

我非常驚訝，忙叫她說說夢的內容。

她說，「我夢見他正夢到我，」我驚訝的神色引起她的不安。「你指望什麼？我做這麼多夢，難免會有一兩回跟眞實生活無關的。」

我從此沒再見到她，甚至沒想過要知道她的近況，直到我聽說「哈瓦納里維拉旅社」災難中慘死的婦人手上戴著蛇形戒指，才又關心起來。幾個月後我恰好在一次外交接待會上遇見葡萄牙大使，忍不住問起罹難者的事。大使談起她來，非常熱心而且佩服極了。他說，「你簡直沒法想像她有多了不起。你眞該寫一篇她的故事。」他用同樣的口吻滔滔不絕說下去，詳細得驚人，卻沒有什麼線索可供我做確切的結論。

最後我終於問道，「具體說，她做了些什麼？」

他有點大夢初醒的味道說，「沒什麼。她會作夢。」

一九八二年六月開始構思

我只是來借個電話

春天一個下雨的午後，瑪麗亞・狄・拉魯茲・塞萬提斯一個人開車回巴塞隆納，租來的汽車在蒙內葛羅斯沙漠抛錨。她今年二十七歲，是個有思想又漂亮的墨西哥人，前幾年擔任音樂廳演奏家，還相當出名呢。她已嫁給一位在餘興餐廳表演的魔術師，這回到扎拉戈扎拜訪親戚，那天稍晚要回去和丈夫會合。抛錨後她在暴風雨中拚命向飛快駛過的轎車和卡車打信號求援，整整一個鐘頭後才有一輛破巴士的司機對她動了惻隱之心。但他提醒她車子不會開很遠。

瑪麗亞說，「沒關係，我只要找個電話就行了。」

這倒是眞的，她只要打電話通知丈夫自己七點以前到不了家。她在四月天穿著學生外套和海灘鞋，看起來活像落翅的小鳥，碰到這種倒楣事，心煩意亂，竟忘了帶汽車鑰匙。巴士司機旁邊坐著一個軍人模樣的女性，她遞給瑪麗亞一條毛巾和一條毯子，挪出一個位子給她。瑪麗亞擦掉滿身濕淋淋的雨水，裹上毯子，想點根煙，火柴卻濕了。同座的女人借個火給她，同時向她要一根還保持乾燥的香煙。兩個人抽著煙，瑪麗亞忍不住大吐苦水，爲蓋過雨聲和巴士的噼啪聲，她提高了嗓門。女人把食指放在唇邊，打斷她的話。

「她們都睡著了，」她低聲說。

瑪麗亞回頭一看，車上坐滿年齡不確定、情況各異的女人，裹著跟她一樣的毯子正在睡覺。她們的安靜好像會傳染，瑪麗亞在座位上縮成一團，也伴著雨聲睡去。等她醒來，天已經黑了，暴風雨化爲冷冰冰的毛毛雨。她不知道自己睡了多久，一行人已經來到什麼鬼地方。鄰座的女人看來很警覺。

「我們在什麼地方？」瑪麗亞問道。

「到了！」女人回答說。

巴士開入一處鋪了石子的院落，裏面的建築陰森森的，在參天密樹中像是一座古老的修道院。在庭院一盞燈黯黯淡淡的照射下，車上乘客依稀可見，個個都坐著一動也不動。最後，軍人模樣的女子用托兒所那種原始的指令叫她們下車。她們都是年長的婦人，在庭院的幽光下動作顯得很遲鈍，看來就像夢中的形影。瑪麗亞最後下車，以爲她們是修女。等她看到好幾個穿制服的女人在車門口接她們，把毛毯拉起來蓋住她們的頭免得淋濕，叫她們排成單排，不開口卻專斷地按節拍擊掌來指揮她們，她又不太敢確定了。瑪麗亞說聲再見，要把毛毯還給同座的女人，可是女人叫她用毛毯蓋頭走過院子，到門房再交還。

「那邊有沒有電話?」瑪麗亞問。

女人說,「當然有,他們會告訴妳在什麼地方。」

她再要一根香煙,瑪麗亞把濕濕的一包整個交給她。「半路上會乾的,」她說。女人在汽車的踏腳板上向她揮手告別,幾近吆喝地說了句「祝妳好運」。她來不及說別的話,巴士就開走了。

瑪麗亞拔腿奔向建築物門口。一個女舍監用力拍手想阻止她,攔她不住,只得大吼道,「停住,我說!」瑪麗亞披著毯子往外瞧,看見一雙冰冷的眸子,還看見那人用食指命令她排進隊伍。她乖乖照辦。進到大廳,她脫離隊伍,想問門房電話在什麼地方。一位女舍監輕輕拍她的肩膀,要她歸隊,用甜甜的聲音說:

「這邊走,美人兒,電話在這邊。」

瑪麗亞跟其他女人一起走下幽暗的長廊,來到一處集體宿舍,女舍監收回毯子,開始指定床鋪。另外一個在瑪麗亞看來比較有人情味、階級也較高的女舍監順著隊伍比對名單和新來的人緊身胸衣上縫綴的紙名牌。她走到瑪麗亞面前,發覺她沒有配戴名牌,覺得很驚訝。

「我只是來借個電話,」瑪麗亞告訴她。

她緊急說明自己的汽車在公路上拋錨。她丈夫專門在宴會上表演魔術，目前在巴塞隆納等她，因爲他們午夜之前有三處表演要趕，她必須通知丈夫她來不及陪他同行了。現在已經快要七點鐘。他十分鐘後就得出門，她眞怕自己遲到會害他取消表演。女舍監似乎很注意聽。

「妳叫什麼名字？」她問道。

瑪麗亞說出姓名，鬆了一口氣。女舍監翻閱名單好幾次，沒找到她的名字，驚惶地問另一位女舍監，對方沒說話，只是聳聳肩。

「但我只是來借個電話，」瑪麗亞說。

「沒問題，親親，」舍監說著，護送她上床，態度甜得露骨，一看就知道不是眞心的。「只要妳乖，愛打給誰就可以打給誰。不過現在不行，明天再說。」

這時候瑪麗亞腦中靈光一閃，她終於明白巴士上衆女人的動作爲什麼像在水族館底了。其實她們是服了鎭定劑，而這座厚石牆、樓梯凍結的黑宮原來是女精神病患醫院。她心驚膽顫衝出宿舍，還沒走到大門口，一個穿著連身工裝褲的魁偉女舍監堵住她，用巨掌打了她一記，從後面鉗住她的手膀子，把她壓在地板上動彈不得。瑪麗亞嚇得全身麻痺，側眼望著她。

她說，「看在老天爺份上，我憑母親的亡靈發誓，我只是來借個電話。」

瑪麗亞一看對方的表情，知道再怎麼哀求也打動不了眼前穿工裝褲的瘋子——此人因爲力氣非凡而獲得「女力士」的封號，專門負責對付難纏的病患，曾有兩個住院病人被她那北極熊般常誤殺人的手臂勒死。第一個案子已確定是意外。第二次不太淸楚，「女力士」受到申戒警告，說下一次再這樣就得接受徹底調查。傳說這名出身世家的不肖女已經在全西班牙的許多精神病院出過不少次可疑的意外了。

頭一天晚上，他們給瑪麗亞注射鎭定劑，讓她乖乖睡覺。天亮前她犯了煙癮醒來，發覺自己手腕和腳踝被綁在床鋪的金屬條上。她大吼大叫，可是沒有人來。早晨她丈夫在巴塞隆納四處找不到她的時候，她已憂懼攻心失去知覺，院方只得把她送到附設醫院。

她恢復知覺時，不知道已經過了多少時間。現在世界似乎成了愛的避風港。在她床邊，有個走路扁平足、笑容可掬的龍鍾老者熟練地做了兩個動作，讓她活過來。他就是療養院的院長。

瑪麗亞沒對他說什麼，甚至還沒打招呼，先要一根煙。他點了一根遞給她，還遞上將近全滿的一整包。瑪麗亞忍不住流下眼淚。

醫生用催眠的口吻說：「現在妳不妨哭個痛快。眼淚是最好的藥。」

瑪麗亞毫不羞怯地吐露心聲，以前她跟臨時男友們作愛完後心靈空虛，也從來沒有這樣發洩過。醫生一面聽，一面用指頭撫摸她的頭髮，調整枕頭讓她呼吸順暢，以她從來想像不到的智慧與親切引導她走過心頭疑慮的迷宮。這是生平頭一次有男人全心全意聽她說話，瞭解她卻不指望跟她上床以爲回報。漫長的一小時過後，她已吐盡了靈魂深處的苦水，她要求打電話給丈夫。

醫生威風凜凜站起來。「還不行，公主，」他空前溫柔地拍拍她的臉頰說，「一切要照順序來。」他在門口像主教般祝福她，要求她信任他，就此消失了。

那天下午瑪麗亞被收容進瘋人院，隨身附了病歷號碼和幾句有關她來自何處、身分是誰的淺顯說明。醫生在病歷卡邊緣親筆寫了評量的字句：情緒激擾。

不出瑪麗亞所料，她丈夫比三項表演預定出發的時間晚半個鐘頭才離開荷塔街的公寓住宅。將近兩年自由和諧的婚姻生活中，她頭一次晚歸，他以爲是那個週末傾盆大雨肆虐全省的關係。出門前特地在門上釘了一張字條，說明他那天晚上的行程。

第一個宴會上，所有的小孩都穿袋鼠裝，因爲沒有她當助手，他只好省略最拿手的「隱形魚」

的節目。第二項表演在一位坐輪椅的九十三歲老太太家進行，老太太很得意最近三十年來她每次生日都請一位不同的魔術師爲她慶生。他看瑪麗亞一直沒露面，非常擔心，結果連最簡單的魔術都無法專心表演。第三場是每天晚上都要在「大街」一家咖啡館表演的節目，他很不帶勁地表演給一羣不相信魔術也就不相信自己眼睛的法國觀光客看。每一場表演完他都打電話回家，絕望地等瑪麗亞來接電話。到了最後一通電話，他忍不住擔心她出了問題。

回家的路上，他開著爲公開表演而改裝的客貨兩用車，從葛萊西亞大道沿線的棕櫚樹看到春天的光采，一想到這個城市少了瑪麗亞不知會變成什麼樣子，心中湧起不祥的念頭，忍不住顫慄。等他看到紙條還釘在門上，最後的希望也落空了。他心裏好煩惱，連貓都忘了餵。

現在我寫這個故事，才想起我從來不知道他的眞姓名，我們在巴塞隆納都只稱呼他的藝名：「魔術師撒坦諾」。他是個性情古怪、社交方面很不靈光的人，但是瑪麗亞具有他缺乏的圓滑和魅力，可以互補而有餘。是她牽著他的手，領他走過這個充滿奧祕的聚落——這裏的男人作夢都不會想要在午夜打電話找自己的太太；撒坦諾剛來不久曾這麼做過，他寧願忘記那回的插曲。於是這一夜他只打電話到扎拉戈扎，有位睡眼惺忪的老奶奶一點也不驚慌地告訴他：瑪麗亞在午餐後就告辭了。

他只在黎明時分睡了一個鐘頭;作了個亂糟糟的夢,夢見瑪麗亞身穿一件染血的破新娘禮服,他驚醒過來,確定這次她已永遠離他而去,任他去面對沒有她的廣大世界。

連他在內,五年來她已經拋棄了三個不同的男人。他們在墨西哥城認識,六個月之後,正當兩人在安祖爾區一個女傭的房間瘋狂作愛,快樂得死去活來之際,她卻離開了他。有一天早晨,經過一夜難以言詮的放蕩,瑪麗亞忽然走了。她的東西一樣也沒帶走,包括前一次婚姻留下的戒指,還留了一封信說她無法承受這種狂愛的折磨。她的第一任丈夫是個中學教員,她未成年就祕密嫁給他,過了兩年沒有愛的日子,終於把他甩掉,跟了另一個男人;撒坦諾以爲她回去投奔這位前夫了。結果不對:她是回父母家,撒坦諾追蹤而至,不計一切代價要帶她回來。他的哀求毫無條件,還許下很多他不準備實踐的諾言,可是她的決心萬分堅定。她告訴他,「愛有短暫的愛和長遠的愛。」然後狠心地說,「這是短暫的愛」。她的剛硬逼得他認輸。沒想到他刻意遺忘了將近一年之後,萬聖節大清早回到孤零零獨居的房間,卻看見她在客廳的沙發上睡得正熟,頭戴橘子花的花冠,身穿處女新娘的薄紗長裙禮服。

瑪麗亞跟他說實話。她的新未婚夫是個沒有孩子、生活安定的鰥夫,他決心在天主教堂結下永世的姻緣，可是她打扮好在聖壇前白等半天，他卻沒有露面。她的父母決定照樣舉行接待會，她就陪他們玩。她跟巡迴演唱隊跳舞，唱歌，喝了太多酒，悔恨交加之下，半夜出門來找撒坦諾。

他不在家，可是她在兩人一向藏鑰匙的大廳花缽裏找到了鑰匙。現在換她無條件投降了。「這回能維持多久？」他問道。她引用維尼修斯・狄・墨拉亞斯的詩句說，「愛能持續多久，就永恆多久。」兩年後仍維持永恆。

瑪麗亞似乎成熟了。她放棄自己的女伶夢，在工作方面和床笫方面全心全意配合他。去年年底他們參加波皮革南的一個魔術師會議，回程第一次探訪巴塞隆納。他們好喜歡這兒，至今已搬來住了八個月，覺得跟這個城市很投緣，就在加泰隆尼亞人聚居的荷塔區買了一戶公寓。環境很吵，又沒有門房，可是空間容得下五個孩子還有餘。他們快樂如神仙。這個週末她租了一輛車去拜訪住在扎拉戈扎的親戚，答應星期一晚上七點回來；不料到了星期四清晨，還沒有消息。

下週週一，那輛出租車輛的保險公司打電話來找瑪麗亞。撒坦諾說，「我什麼都不知道。到扎拉戈扎找她吧。」他掛斷電話。又過了一個禮拜，一位警官到他家報告說：汽車找到了，裏面的東西被偷竊一空，車子扔在通往卡廸茲的偏僻小路——跟瑪麗亞棄車的地方相距九百公里。警官想問她對這件竊案還知道什麼進一步的細節。撒坦諾正在餵貓，他頭也不抬直截了當地說：警察不該浪費時間，因爲他太太已經離開他，他不知道她去了哪裏，也不知道她是跟誰走的。他信誓旦旦，警官爲自己的盤問感到不安，特地道歉。他們宣布就此結案。

其實復活節羅莎‧雷加斯邀請他們到卡達魁斯駕船出遊時，撒坦諾就曾經懷疑瑪麗亞會再離開他。在佛朗哥主義初期魯夫們光顧的擁擠又骯髒的「濱海」酒吧裏，我們二十個人擠在一張只夠坐六個人的鐵皮餐桌旁。瑪麗亞抽完那天的第二包煙，火柴沒有了。一隻戴著羅馬銅手鐲的毛茸茸細膀子穿過餐檯邊熱鬧的人羣，伸過來借個火給她。她說聲謝謝，連看都沒看她謝的人一眼，可是魔術師撒坦諾卻看到了——那是一個骨瘦如柴、鬍子剃得很乾淨的青年，臉色白得像死人，後面留一條顏色很黑的馬尾巴，長及腰部。酒吧的玻璃窗只能勉強抵擋春季北風的怒嚎，他卻穿一件粗棉布做的街頭寬褲，足蹬一雙農夫的涼鞋。

他們直到晚秋才又在「巴塞隆尼塔」的一個海鮮吧再見到他，穿著同樣的素棉服裝，不再梳馬尾，改梳長辮子。他活像老朋友般和他們倆打招呼，看他吻瑪麗亞和瑪麗亞回吻他的樣子，撒坦諾懷疑他們倆曾祕密約會。過了幾天，他恰好看到瑪麗亞寫在家用地址簿上的一個新名字和電話號碼，妒火中燒，一下子就猜到了那是誰。得知這位第三者的背景，更加深了他的猜疑：此人今年二十二歲，是富家的獨子，也是時髦的店鋪櫥窗裝潢師，因雙性戀和有償伺候已婚婦人小有名氣。可是撒坦諾忍著沒採取行動，到了瑪麗亞沒回家那夜，他開始每天打電話找他，從早上六點直到次日凌晨，起先每隔兩三個鐘頭打一次，後來只要走近電話就打。沒人接電話，撒坦諾的痛苦更深了。

第四天，一個來打掃的安達露西亞婦人拿起聽筒。她說，「先生走了，」說話含糊不清，簡直要把他逼瘋了。撒坦諾忍不住問瑪麗亞小姐在不在。

婦人告訴他，「沒有名叫瑪麗亞的人住這邊，先生是單身漢。」

他說，「我知道。他不住那兒，但她有時候會來，對吧？」

婦人惱火了。

「你到底是誰？」

撒坦諾把電話掛掉。他本來就不只懷疑而是肯定事有蹊蹺，婦人的否認似乎成了又一項證明。他失去了自制力。後來幾天他按照字母順序打電話給巴塞隆納的每一個熟人。沒有人能提供任何線索，但是每打一通電話他的不幸就加深幾分，在死不悔改的魯夫夜貓子之間，他吃醋暴怒的事早已人盡皆知，他們用各種讓他難堪的笑話作答。這時候他才體會到自己在這個美麗、瘋狂、深不可測的城市裏是多麼孤單，他在這邊是不可能快樂的。黎明他餵完貓之後，狠下心來不再哀痛欲絕，他決定把瑪麗亞忘掉。

過了兩個月，瑪麗亞還沒適應療養院的生活。她每天用粗木長桌上栓著的盤碟刀叉吃一點監獄的配糧，眼睛盯著陰森森的中古餐廳裏那幅佛朗哥元帥的版畫像，勉強活下去。起先她不肯參加晨禱、讚頌、晚禱等禱告時間的例行公事，以及占據大部分時間的其他敎儀。她拒絕在娛樂操場打球，有一羣住院病人在工藝所做假花做得很勤，她也不願參加。可是第三週以後，她開始漸漸融入這種修院隱居的生活。醫生們說，畢竟每一個病人開始都是一樣的，他們遲早會跟羣體合而爲一。

頭幾天一位女舍監以黃金價格販賣香煙，瑪麗亞把身上帶的一點錢花光以後，缺煙的痛苦又開始折磨她。於是她改抽某些病人從垃圾桶撿煙蒂加報紙捲成的香煙，勉強過過癮，此時抽煙的欲望已經跟她對電話的執著一樣強烈了。後來，她做假花賺個幾披索，勉強買到短暫的安慰。

夜晚的寂寞最難熬。很多病人也像她一樣，睁著眼躺在半黑暗中，什麼事都不敢做，因爲守夜的女舍監在鏈條和掛鎖拴牢的重門邊也淸醒著。有一天晚上，瑪麗亞實在悲不自勝，就用鄰床女人聽得見的聲音問：

「我們在什麼地方？」

鄰床病人用莊嚴清晰的口吻答道：

「在地獄裏。」

另外一個遙遠的聲音響徹了宿舍，「他們說這是摩爾人的國度。這話一定不假，夏天有月亮的時候，可以聽見羣狗吠海的聲音。」

鍊條穿過門鎖的聲音像古式大帆船的錨吭吭響，門開了。無情的守衛像死寂中唯一的活人，開始從宿舍這頭走到宿舍那頭。瑪麗亞恐懼到極點，只有她知道原因。

打從來到療養院的頭一個禮拜，守夜的女舍監就提議瑪麗亞陪她睡守衛室。她用具體又實際的調調說：用愛情換香煙、換巧克力，要什麼就換什麼。女舍監顫抖說，「妳會擁有一切。妳會當女王。」瑪麗亞拒絕後，她就換一種手法，不時留些求愛的小字條在她枕頭下，在她長袍的口袋裏，在種種最意想不到的地方。那是令人心碎的急迫訊息，鐵石都會爲之感動。在宿舍發生小插曲那夜，她看似承認挫敗已經一個多月了。

女舍監確定其他病人都睡著以後，就貼近瑪麗亞床邊，在她耳邊低訴各種情話，同時吻她的臉、她那嚇僵了的脖子、僵硬的手臂、疲憊的雙腿。她以爲瑪麗亞全身痲痺不是因爲恐懼而是願意順從，遂大膽更進一步。這時候瑪麗亞用手背打她，害她跌倒在隔壁床上，激動的病人騷亂四起，女舍監氣沖沖站起來。

她吼道，「妳這娼婦！我們要一起爛在這個地獄坑，直到妳瘋狂愛上我。」

六月的第一個禮拜天，夏天毫無預兆就來了，望彌撒的時候，汗流浹背的病人開始脫下沒什麼線條的嗶嘰袍子，這時節需要採取緊急措施。瑪麗亞旁觀赤身露體的病人被女舍監追著在走廊跑來跑去，像瞎眼的小雞，覺得有點好玩。混亂中她設法躲避亂拳，不知怎麼竟一個人來到一間空辦公室，裏面的電話鈴響個不停。瑪麗亞不加思索就去接電話，聽見遠方有個笑嘻嘻的聲音正在模仿電話公司的報時服務，自得其樂。

「現在是四十五時九十二分一百零七秒。」

「鬼扯，」瑪麗亞說。

她掛斷電話，覺得很有意思。她正要離開，突然想到她差一點放過這個獨特的機會。她撥了六個數字，好緊張好急促，幾乎不敢確定撥的是不是自己家的號碼。她靜靜等著，心跳得很快，聽見熱切又悲哀的熟悉鈴聲，一聲，兩聲，三聲，最後終於聽見她所愛的男人在沒有她存在的家裏傳來說話的聲音。

「喂？」

她等待哽在喉嚨裏的淚溶化。

「寶貝，甜心，」她嘆息道。

她忍不住流下眼淚。電話那頭先是一陣短暫受驚的沉默，然後醋勁十足地脫口而出：

「淫婦！」

他砰的一聲把聽筒掛斷了。

那天晚上在盛怒之下，瑪麗亞扯下餐廳的委員長版畫像，全力砸向通往花園的彩色玻璃窗，渾身是血撲倒在地板上。她的怒火未熄，女舍監們想阻止她，出手打她，她還用力反抗，後來看見「女力士」雙臂交疊站在門口瞪著她，瑪麗亞死心了。她們把她拖進暴烈病人專用的病房，用橡皮管放冰水來淋她，還在她腿上注射松節油。瑪麗亞腫得不能走路，她發覺自己必須不擇手段逃出這個地獄。下一個星期回到宿舍，她躡手躡走到守夜女舍監的房間去敲門。

瑪麗亞預先要求的代價，就是女舍監得傳個口訊給她丈夫。女舍監答應了，條件是兩人間的交易必須絕對保密。她用無情的食指指著她。

「如果他們發現，妳就死定了。」

於是下一個星期六，魔術師撒坦諾開著準備慶祝瑪麗亞歸來的馬戲車，來到女子瘋人院。院長親自在整潔如軍艦的辦公室接見他，親切地報告其妻的病情。沒有人知道她來自什麼地方，怎麼來的，什麼時候來的，跟她入院有關的初始資料就是院長約談她之後記下來的正式入院許可。當天開始做的調查也找不出結論。總之，院長最關心的是撒坦諾怎麼會得知他太太的下落。撒坦諾掩護那個女舍監。

「保險公司告訴我的，」他說。

院長點點頭，顯得很滿意。「我不知道保險公司怎麼會什麼事都查得出來，」他說。他看一看簡樸的書桌上放置的檔案，下了個結論：

「唯一可以確定的，是她病情非常嚴重。」

如果魔術師撒坦諾保證願爲太太著想，毫不質疑地遵從院長指示的行爲準則，院長準備在各種必要的預防措施下授權他探望病人。尤其對待其妻的態度更要聽院長的，才能避免暴怒復發，目前她的暴怒已變得愈來愈頻繁，愈來愈危險了。

撒坦諾說，「奇怪。她向來是急性子，可是頗有自制力呀。」

醫生擺出一個博學之士的姿態。他說，「有些行爲會潛伏很多年，有一天終於爆發。大體說來，她恰好來到這兒是很幸運的，我們專治需要鐵腕的病患。」接著他警告他瑪麗亞對電話執著得古怪。

「遷就她，」他說。

「別擔心，醫生，」撒坦諾用愉快的口吻說。「那是我的專長。」

會客室是牢房和懺悔室的綜合體，以前本是修道院的談話室。撒坦諾進門並沒有帶來他們倆預期的歡慶場面。瑪麗亞站在房間中央，靠近一張小茶几、兩把椅子和一個沒有插花的空花瓶。她穿著可悲的草莓色外套和一雙人家好心送給她的醜鞋子，顯然已準備離開這個地方。「女力士」站在角落裏，幾乎沒有露面，雙臂疊在胸前。瑪麗亞看見丈夫進來，一動也不動，臉上還有碎玻璃割破的傷痕，看不出喜怒哀樂。他們例行公事般互吻。

「妳覺得怎麼樣?」他問她。

她說，「寶貝，很高興妳終於來了。生不如死。」

他們沒有時間坐下來。瑪麗亞淚如雨下，向丈夫傾訴修院生活的悲慘、女舍監的殘暴、伙食比狗吃的還不如、漫漫長夜恐懼得不敢闔眼。

「我甚至不知道自己在這邊已過了多少天、多少個月或多少年，我只知道一天比一天糟，」她用力哀嘆道，「我想我再也不可能是原來的我了。」

他用指尖撫摸她臉上最近的傷痕說，「現在一切都過去了。我每星期六都會來。如果院長准許，我會更常來。妳看著吧，一切都會順順利利的。」

她用一雙驚惶的眼睛望著他。撒坦諾設法施展魔術師的魅力。他以撒大謊那種天真的語氣把醫生的診斷化爲比較甜蜜的版本說出來。最後他說，「也就是說，妳還需要再過幾天才能完全復原。」

瑪麗亞終於明白了。

她目瞪口呆說，「看在老天爺份上，寶貝。你該不是也以爲我瘋了吧！」

他盡量裝笑說，「怎麼會！不過妳如果留在這邊一段時間，眞的對每個人都好。當然啦，情況該改善一下。」

「可是我已經跟你說過，我只是來打電話的！」瑪麗亞說。

對她這種可怕的執著，他不知道該如何反應。他看看「女力士」。她乘機指指手錶，表示會客時間結束了。瑪麗亞攔截到這個訊號，看看後面，發現「女力士」繃緊身子眼看出擊了。於是她緊緊摟住丈夫的脖子，像眞正的瘋女人一樣尖叫起來。他鼓起最大的愛心，耐心掙脫她的糾纏，把她留給「女力士」處置。「女力士」從後面躍上來，不給瑪麗亞反應的時間，就用左手鉗制她的雙臂，另一隻鐵臂勒住她的喉嚨，向魔術師撒坦諾狂吼：

「走啊！」

撒坦諾嚇得奔逃而去。

可是下一個禮拜六他從震撼中復原，又帶著貓兒來到療養院，他把貓兒打扮得跟他一模一樣：穿里歐塔都的紅黃緊身褲，戴高頂禮帽，披一件似乎是飛行用的迴旋斗篷。他開著馬戲車進入修院的院子，做了一場將近三小時的精采表演，病人在陽台上觀賞，雜亂無章地吆喝，不合時宜地鼓掌。大家都在場，只有瑪麗亞不但拒絕接見丈夫，甚至不肯從陽台上看他。撒坦諾的感情被刺傷了。

院長安慰他，「這是典型的反應。不久就會過去的。」

可是一切並沒有過去。撒坦諾多次求見瑪麗亞不成，想盡辦法要她收下他寫的信，結果沒有用。她退還了四次，連拆都不拆，也不說出任何意見。撒坦諾死心了，但他還經常在門房辦公室留一點煙，也不知道有沒有傳到瑪麗亞手上，最後他終於接受現實，承認失敗。

此後就沒有人接到他的隻字片語，只知他再婚回祖國去了。離開巴塞隆納之前，他把餓得半死的貓送給一位臨時女友，那位少女還答應給瑪麗亞送香煙。但她也消失了。羅莎·雷加斯記得十二年前左右曾在科特英格士百貨公司看見她，頭髮剃光，身穿某東方教派的橘紅色長袍，還懷了身孕，挺個大肚子。她告訴羅莎：她曾經儘可能常送香煙去給瑪麗亞，還替她解決過事先沒料到的緊急狀況，有一天她發現醫院已像那個悲慘時代的悲慘回憶一般，被夷為平地，只剩一堆廢墟。她最後一次去的時候，瑪麗亞的神智似乎很清醒，稍嫌過胖，對於修院的平靜已甘之如飴。那天她把貓也帶給瑪麗亞，因為撒坦諾交給她買貓食的錢已經全用光了。

一九七八年四月開始構思

八月幽靈

我們在近午時分抵達阿瑞佐，花了兩個多鐘頭尋找委內瑞拉作家米蓋爾・奥特羅・西爾瓦在托斯卡尼鄉間那處田園淨土買的文藝復興時代的古堡。那是八月初一個熱得要命、鬧哄哄的禮拜天，街上滿是觀光客，要找個識路的人還眞不容易呢。我們試了好多次徒勞無功，就回到車上，走一條兩旁有柏樹卻沒有路標的道路出城，有一個看鵝的老婦人明確告訴我們古堡的位置。告別之前她問我們是不是要睡在那個地方，我們說只是去吃午餐——原先的打算確實是如此。

她說，「那就好。因爲那幢房子鬧鬼。」

吾妻和我不相信白天活見鬼的事，笑她相信這一套。可是我們九歲和七歲的兩個兒子，想到可以遇見活生生的鬼，簡直高興死了。

米蓋爾・奥特羅・西爾瓦不但是好作家，也是了不起的主人和段數極高的美食家，他已叫人準備好一頓難忘的午餐等著我們。因爲我們來晚了，吃飯前沒時間先參觀古堡內部，可是古堡外觀沒什麼可怕的，就算有什麼不自在，坐在布滿鮮花的露台用餐，眺望整個城市的美景，一切疑慮都煙消雲散了。很難相信那座擠滿房屋、只容得下九萬人的山丘，竟會生出這麼多不朽的天才。不過米蓋爾・奥特羅・西爾瓦帶著加勒比海人特有的幽默說：他們沒有一個是阿瑞佐市最著名的本地人。

他宣稱，「最偉大的本地人是魯德維科。」

就是這樣，沒有姓氏：魯德維科，偉大的藝術和戰爭贊助者，這座悲情古堡的創建人；整個用餐期間米蓋爾一直談他談個沒完。他跟我們描述魯德維科的無邊威力、他的苦戀、他可怕的死亡。他告訴我們，魯德維科一時發狂，在剛剛燕好的床上把情人殺死，再放兇惡的鬥犬來咬自己，結果全身被咬得稀爛。他一本正經告訴我們，午夜過後魯德維科的幽靈會在房屋暗處漫遊，想在愛情煉獄中求得心靈的平安。

古堡眞的很大，陰森森的。可是大白天，肚子剛吃飽，精神很滿足，米蓋爾的故事似乎只是他娛樂佳賓的許多消遣節目之一。午睡後我們沒什麼不祥的預感，隨意在八十二個房間穿梭；古堡多次易主，房間也經過各式各樣的整修。米蓋爾把整個一樓改裝過，加建了一個大理石地板的現代臥室、三溫暖設備、運動設施和我們用餐的那座布滿鮮花的露台。二樓是過去幾百年間使用最頻繁的區域，有很多沒什麼特色的房間，家具各時代的都有，擱在那邊任其自生自滅。可是我們在頂樓看到一個房間，完全保持原樣，光陰似乎沒在那兒留下痕跡——那就是魯德維科生前的寢居。

那一刻太神奇了。他的床就擺在那兒，簾帳以金線繡成，床罩和古怪的花邊飾帶仍硬繃繃黏著被殺的情人已乾的血跡。屋裏有壁爐，灰燼已冷，最後一根木柴也化爲石頭；活動櫥櫃藏著上了火藥的槍械；那位哀思騎士的油畫像裱在金框裏，是一位沒有留下身後名的佛羅倫斯大師畫的。整個臥室掛滿新鮮草莓，有一股難以解釋的氣味，令我感受最深。

托斯卡尼地區夏天白晝很長，從容不迫，地平線到晚上九點還清清楚楚。我們逛完古堡已經五點多，米蓋爾堅持要帶我們去看皮埃洛•法蘭西斯卡（譯註：義大利畫家，一四二〇——九二）在聖方濟教堂留下的壁畫。接著我們在廣場涼亭下喝咖啡，消磨時間，等我們回來拿行李，發現屋裏又備好一餐飯等我們。於是我們留下來吃晚餐。

我們在淡紫色的天空和一粒孤星下吃飯，孩子們從廚房拿來兩支手電筒，摸黑探索上面的幾層樓。我們在餐桌旁不時聽見小野馬在樓梯上狂奔，門板吱吱嘎嘎哀鳴，他們在各個陰鬱的房間裏大聲呼喚魯德維科。是他們提起在那邊睡覺的餿主意。米蓋爾•奧特羅•西爾瓦高興極了，熱烈支持他們的意見，我們實在不好意思拒絕。

我本來害怕會出事，結果正相反，我們睡得好極了，內人和我睡一間樓下臥室，孩子們睡在毗鄰的房間。兩個房間都經過現代化的整修，沒什麼陰鬱氣氛。等待入眠的時候，我算過客廳的掛鐘響了十二下，想起看鵝老婦人可怕的警告。但我們實在太累了，很快就沉沉睡去。我七點過後才醒，燦爛的陽光隔著窗外的爬藤射進來。內人在我身旁還睡得正香。我自言自語說，「好笨，什麼時代了還相信有鬼。」這時候我聞到新鮮草莓的氣味，心頭一驚，居然看見壁爐裏冷冷的灰燼和已化爲石塊的殘餘木柴，憂鬱騎士的肖像在金相框裏隔著三世紀的時空凝視我們。原來我們不是躺在昨晚入睡的樓下臥室，而是在魯德維科的寢宮，在大凶床的頂蓋和灰濛濛的帷帳下，身上蓋的正是鮮血餘溫未褪的床單。

一九八〇年十月開始構思

瑪麗亞姑娘

葬儀社的人來得好準時，瑪麗亞・多斯・普拉策斯還穿著浴袍，滿頭髮捲，她只來得及匆匆在耳後插一朵紅玫瑰，免得看起來太難看。她打開門，原以爲所有葬儀業者都是一副喪氣的法律公證人模樣，結果不然，眼前出現一個穿格子襖、領帶上有各色鳥兒圖樣的靦覥青年，她更爲自己的外表而懊喪。巴塞隆納善變的春天風雨交加，幾乎比冬天更難熬，他居然沒穿大衣。瑪麗亞・多斯・普拉策斯一生不分白天晚上接待過無數男人，這時候卻難得地尷尬起來。她剛過七十六歲，自信聖誕節前就會死掉，儘管如此她還是打算關上門，叫葬儀推銷員等一會，讓她更衣，以恰當的儀容舉止接待他。轉念一想，他會凍死在黑漆漆的梯台上，就請他進屋。

她說，「請原諒我衣衫不整。我住在加泰隆尼亞五十多年，頭一次有人準時赴約。」

她說得一口十全十美的加泰朗語（譯註：加泰隆尼亞人的語言），帶點古典的純淨，只是還可以聽出她久已遺忘的葡萄牙語的韻味。儘管年事已高，又頂著一頭金屬髮捲，她仍是體態苗條、精神飽滿的黑白混血兒，頭髮硬得像鐵絲，黃色的眸子冷酷無情，久已對男人失去同情心。葬儀推銷員被街燈照得視線模糊，沒說什麼，在黃麻墊子上擦擦鞋跟，一鞠躬，吻了她的手。

「你眞像我那個時代的男人，」瑪麗亞・多斯・普拉策斯下雹般尖聲笑道。「請坐。」

他雖然新入這一行，也不敢指望早上八點鐘能受到這麼熱烈的歡迎，何況這殘忍的老太太乍看之下活像拉丁美洲逃出來的瘋婆子。所以他站在離門口一步的地方，不知道該說什麼。這時候瑪麗亞・多斯・普拉策斯把厚絨布窗簾推開，稀薄的四月光線剛好照到一絲不苟的室內各角落，屋裏簡直像骨董商的櫥窗，不太像客廳。裏面的東西是日常要用的——不嫌多也不嫌少——每一件似乎都擺在最自然的空間，品味無懈可擊，就算在巴塞隆納這樣古老又隱密的都市也難找到布置得更好的房子。

他說，「對不起，我走錯門了。」

她說，「但願如此，但死神是不會弄錯的。」

在餐廳的桌上，葬儀推銷員攤開一張圖表，像航海圖一樣有很多摺，還分成各種不同顏色的區塊，每個顏色內有無數十字記號和數字。瑪麗亞・多斯・普拉策斯看出這是蒙特茱奇大墓地的完整設計圖，她想起以前瑪瑙斯墓地遇到十月大雨，美洲貘在無名墳墓和鑲有佛羅倫斯花玻璃的暴發戶陵寢之間涉水來來去去，舊日的恐懼又襲上心頭。她小時候有一天，亞馬遜河洪水氾濫，變成噁心的沼澤，她在自家院子裏看見破棺材浮在水面，裂縫中露出破布和死人的頭髮。如今她不選比較近比較熟悉的聖吉佛西奧墓地，卻選擇蒙特茱奇山丘做爲最後安息的地點，就是當年的回憶使然。

「我要一個永遠不會鬧水災的地方，」她說。

「喏，就在這兒，」推銷員說著，用他口袋裏像鋼筆一樣隨身攜帶的摺疊指示棒指著地圖上的那一點。「全世界的海洋沒有一個能淹上這麼高的地方。」

她仔細看彩色圖表，終於找到大門入口，以及三個毗連的一模一樣的無名墳墓——內戰中被殺的布納文杜拉・杜魯蒂和另外兩個無政府主義領袖就埋在那兒。每天夜裏都有人在空空的石碑上書寫他們的名字，用鉛筆寫，用油漆寫，用木炭寫，用眉筆或指甲油寫。可是每天早上衛兵都會把它擦乾淨，不讓人知道誰埋在哪一塊空白石碑下。瑪麗亞・多斯・普拉策斯曾經參加杜魯蒂的葬禮——那是巴塞隆納有史以來最悲悽最騷亂的葬禮——她想葬在靠近他墳墓的地方，可是買不到，只好聽天由命從可能的範圍去選。她說，「條件是你千萬別把我堆進那種五年一輪的小隔間，活像郵局出租信箱似的。」接著，她想起最重要的要求，就說，「最重要的，我要躺著埋。」因爲業者大力推銷預售墳墓，有人謠傳他們爲節省空間，人是直立下葬的。推銷員彷佛背誦過講稿很多次，他精確解釋那種說法純屬謠言，是傳統葬儀機構爲打擊分期付款買墳墓的新點子，惡意中傷。他說話的時候，門輕輕響了三下，他猶豫地停頓下來。瑪麗亞・多斯・普拉策斯指示他繼續說下去。她用非常安靜的口吻說，「別擔心，是諾伊。」

推銷員從剛才停頓的地方往下說，瑪麗亞・多斯・普拉策斯對他的說明很滿意。然而在開門之前，她想綜合整理一下瑪瑙斯大洪水以來這許多年間她心中漸漸成形的想法，連最小的細節都考慮到了。她說，「我意思是說，我想找一個在土裏可以躺臥而又不虞洪水的地方，可能的話夏天要有樹蔭，過一段時日也不會被拖出來扔進垃圾堆。」

她打開前門，一隻被雨淋得濕透的狗走進來，那副散漫相跟屋裏的一切很不搭調。牠早上到附近散步剛回來，進門的時候，突然一陣激動。牠跳上桌面，發狂般亂叫，差一點用泥濘的腳掌毀掉墓地的地圖。主人只看牠一眼，牠馬上不敢輕舉妄動了。她沒有提高嗓門，只是說，「諾伊！下來這邊！」

狗往後退，誠惶誠恐看著她，兩行亮晶晶的眼淚流下口鼻部位。這時候瑪麗亞・多斯・普拉策斯重新把注意力轉回推銷員身上，發現他顯得很疑惑。

他大聲嚷道，「膽小鬼！牠哭了！」

瑪麗亞・多斯・普拉策斯低聲道歉，「牠只是發現這個時間家裏有人，心裏難受罷了。大體上，牠進屋的時候比男人還要謹慎體貼。我發覺，只有你例外。」

「可是牠哭了，媽的！」推銷員又說了一遍，才發覺失禮，滿面通紅請她原諒。「對不起，可是我從來沒見過這種事，連電影上都沒見過。」

她說，「只要訓練牠們，所有的狗都可以辦到。可是狗主人們寧願花一輩子教牠們從盤子裏吃東西啦，照時間在同一地點大小便啦……等等害牠們受罪的習慣；不教牠們笑啦哭啦等牠們喜歡的自然事。我們說到哪裏了？」

他們快要說完了。因爲墓地裏有樹蔭的少數墳穴已保留給當朝權貴，瑪麗亞・多斯・普拉策斯只得認命接受沒有樹蔭的夏天。由於她想利用預付現金享受一點折扣，合約中的條件和定規便都無關宏旨。

等交易完成，推銷員把文件放回公事包，這才用觀察家的眼光打量屋內，在神奇美麗的氣氛中打了個冷顫。他又望望瑪麗亞・多斯・普拉策斯，彷彿頭一次看她。

「我能不能請教一個冒昧的問題？」他說。

她陪他向門口走去。

她說，「當然可以，只要不問我的年齡。」

他說，「我習慣從人們家中的擺設來猜他們的職業，在這裏我卻猜不出來。妳從事哪一行？」

瑪麗亞・多斯・普拉策斯笑得前仰後合說，「我是妓女，孩子。我看來已經不像了嗎？」

推銷員滿面羞紅。「對不起。」

「我才應該抱歉呢，」她說著拉住他的手臂，免得他撞到門。「小心！可別還沒有給我辦個體面的葬禮，自己就先敲破了頭。」

她關上門，馬上抱起小狗，開始撫摸牠，這時候隔壁托兒所傳來孩子們的歌聲，她用美妙的非洲嗓子跟他們合唱。三個月前，她從夢中獲知自己即將死亡的徵兆，從此跟這相依爲命的寶貝比以往更親近。她已經小心翼翼預先安排好財產的分配和遺體的處置，就算當下死亡，也不會麻煩到任何人。她是自願退休的，手頭有一筆點點滴滴累積卻也沒經過太大犧牲得來的財富，特地選擇高貴的葛萊西亞古鎮做爲終老之地，而這個小鎮已經被併入日漸擴張的大都市轄區。她買下這戶破舊的二樓公寓，屋裏隨時有熏鯖魚的味道，牆壁被硝酸鈉腐蝕，但還露出某次不光榮戰役留下的許多彈孔。沒有門房，儘管每戶公寓都有人住，濕濕暗暗的樓梯卻有幾級已經不見了。瑪麗亞・多斯・普拉策斯找人整修過浴室和廚房，用亮麗的紡織品蓋住牆壁，窗子裝上斜面玻璃，掛上天鵝絨簾幕。然後她把精美的陳設搬進來——實用和裝飾性的東西，以及一箱箱絲綢和織錦，都是共和黨員潰敗時棄屋而逃，法西斯主義者從廢宅中偷來，而她多年來在祕密拍賣會上一件一件廉價買來的。跟過去僅存的聯繫，就只剩她和卡多納伯爵的友誼了；每個月最後一個禮拜五伯爵會來看她，陪她吃晚飯，飯後有氣無力調情做愛。可是這段年輕時代維持至今的友誼一直對外保密，伯爵把帶有紋徽的汽車停在非常審愼的距離之外，天黑後才走到她的二樓公寓，保護自己的名譽也保護她的聲名。這幢大樓的人瑪麗亞・多斯・普拉策斯大都不認識，只認得對門公寓才搬來不久的一對少年夫妻和九歲的女兒。事實上她從來沒在樓梯上碰見過別人，她覺得眞不可思議。

但她分配遺產的方式，顯示出她在這處加泰隆尼亞社區生根比自己想像中來得深，這些加泰隆尼亞人固守原來的生活方式，他們的民族榮譽是以高尙質樸的美德爲基礎的。她連最不重要的小玩意兒都是留給心目中最親近的人，也正是住得離她最近的人。事情辦完後，她不太敢確定自己夠不夠公平，但她敢說自己沒有忘掉任何一個不該忘的人。她準備遺贈非常嚴格，自誇什麼世面都見過的阿伯爾街財產公證人看見她憑記憶用中古加泰朗語向書記們口述財產清單，詳細道出每一項東西的精確名稱，以及所有受贈者的職業、住址和每個人在她心目中的地位，他簡直不敢相信自己的眼睛。

葬儀推銷員來過以後，她變成無數星期天探訪墓地的遊客之一。她跟鄰近墓穴的主人一樣，在罈子裏種植四季常開的花，用水澆灌新草皮，用大剪刀加以修剪，把它弄得像市長辦公室的地毯一般漂亮，她對那個地點愈來愈熟悉，到後來簡直想不通自己當初爲什麼會覺得那邊一片荒涼。

第一次去的時候，看見大門邊的三座無名墳墓，她的心跳停了半晌，可是守衛離她只有幾步，她沒停下來看那三座墳。第三個禮拜天，她趁人不注意實現了自己生平的一個大夢想，用口紅在雨後的第一塊碑石上寫了「杜魯蒂」的字樣。此後她一有機會就再寫一次，有時候只寫一塊碑石，有時候兩塊或三塊都寫，寫時脈搏很穩，心中卻湧起鄉愁。

九月底的一個星期天，她在那座小山丘上第一次目睹葬禮進行。三個星期後，在一個寒冷大風的下午，她隔壁的墓穴埋進一個年輕的新娘。到了年底，已有七塊地埋了人，可是短命的冬天對瑪麗亞・多斯・普拉策斯沒有什麼壞影響就過去了。她沒有任何不適，等天氣暖和起來，生命湍急的聲音由敞開的窗戶湧進來，她更決心躲過神祕的夢兆活下去。卡多納伯爵到深山避暑回來，發現她比五十歲仍年輕貌美的時候更加動人。

瑪麗亞・多斯・普拉策斯經過多次挫敗，終於教會了諾伊從滿山相同的墳墓中認出了她的空墳。接著她努力教牠對著空墳哭，好讓牠養成在她死後哭墓的習慣。她多次帶牠從家裏走到墓地，指出各種地標幫助牠記「大街」的公車路線，有一天她覺得牠已經夠熟練，可以單獨派出門了。

最後考驗的那一個禮拜天下午三點，由於夏天快要來了，而且她不想讓諾伊太引人注目，就爲牠脫下春背心，放牠自由。她看見牠沿著街道蔭涼的一側快步走去，小小的臀部在活潑的尾巴下面繃得緊緊的，顏色黯淡，她差一點哭出來——爲自己，爲牠，也爲許多年共處的艱辛歲月而難過——最後看見牠在梅爾街轉彎，向海邊走。過了十五分鐘，她在附近的萊瑟普廣場搭上「大街」公車，設法從窗口偷看牠又不被牠發覺，事實上她眞的在星期天結伴嬉戲的小孩子羣中看見牠了，遠遠的，一本正經，正在等葛萊西亞大道的紅綠燈變換。

她嘆了一口氣，「老天爺，牠看起來好孤單。」

她在蒙特茱奇小丘的烈日下等了牠將近兩個鐘頭。她跟前幾個禮拜天認識的幾位喪家遺族打招呼，其實初見至今已經隔了很久，他們不再戴孝也不再哭，只是把花放在墳上，心裏根本沒想死者，她差一點認不出他們了。過一會兒，他們都走了以後，她聽見一聲悲涼的低吼，海鷗都驚飛起來，浩瀚的海面出現一艘掛巴西國旗的白色輪船，她全心希望這艘船能帶來某人給她的信——那人說不定已經爲她死在柏楠布柯監獄中。五點過不久，比預定時間早了十二分鐘，諾伊出現在山頭，累得也熱得直流口水，卻像一個勝利的小孩那般得意。那一刻瑪麗亞・多斯・普拉策斯終於克服了無人哭墓的恐懼。

秋天她開始察覺一些無法解讀的不祥徵兆，使她的心更沉重。她再度到雷洛吉廣場的金黃色刺槐下喝咖啡，穿著狐尾領大衣，頭戴綴有假花的帽子，那種帽子年代久遠，反而又流行起來了。她的直覺變得更敏銳。爲了瞭解她自己的不安，她仔細聽「大街」上賣鳥婦人喋喋不休，聽書攤上男人的閒話——多年來他們第一次不談足球——看殘廢的退伍老兵默默丟麵包屑給鴿子吃，她在每一個地方都發現明確的死亡徵兆。到了聖誕節，刺槐樹之間懸著彩色燈泡，各家陽台傳來音樂和快樂的人聲，有一羣觀光客侵占了人行道的咖啡座，可是在種種節慶氣氛中可以感覺到上次無政府主義者接管街道前夕的那種壓抑的氣氛。瑪麗亞・多斯・普拉策斯曾經歷過那個偉大激情的時代，她實在克制不住內心的不安，第一次被恐懼的魔爪從睡夢中驚醒。有一天晚上，一名在牆上草書「自由加泰隆尼亞國萬歲」的學生在她的窗外被國家安全人員開槍打死。

她嚇得自言自語，「老天爺，好像一切都要隨著我死去！」

小時候在瑪瑙斯的那一個黎明前，忽然萬籟俱寂，江河停頓，時間猶豫不前，亞馬遜叢林陷入深不可測的寂靜，就像死亡的沉寂，她只有在那個時候體驗過眼前這種不安。就在難以抗拒的緊張之中，四月的最後一個禮拜五，卡多納伯爵照例又到她家來吃晚飯。

這樣的拜訪已成爲一種儀式。伯爵準時在晚上七點到九點之間抵達，帶來一瓶當地產的香檳，用下午的報紙包著以免引人注意，外加一盒飽滿的松露。瑪麗亞·多斯·普拉策斯準備了酥考千層麵餅和原汁嫩雞——古老高尚的加泰隆尼亞家庭從太平時代以來就喜歡吃這兩道餐點——還有一缽滿滿的應時水果。她烹煮的時候，伯爵聽留聲機播放義大利歌劇歷史性演出的選曲，慢慢啜飲一杯甜葡萄酒，喝到唱片結束才喝完。

他們不慌不忙吃晚餐聊天，憑記憶靜坐著調情示愛，回憶爲兩個人留下一種苦難的滋味。接近午夜時分，伯爵總是坐立不安，他臨走前會在臥室的煙灰缸下放個二十五披索。當年他在「平行道」

一家過境旅館初識瑪麗亞・多斯・普拉策斯的時候，她的賣身錢也就是這個數目，歲月摧折下保持不變的也就只有這一點了。

他們倆都沒想過彼此的友情基礎何在。瑪麗亞・多斯・普拉策斯欠他一點簡單的人情。他曾建議她怎麼理財，稍有幫助，教她辨認手上紀念品的眞價值，教她怎麼保存才能不讓人知道那是贓物。最重要的，當她賣春一輩子的妓院嫌她老了，不合現代口味，要送她到一個收容退休妓女的地方教少男們作愛，每次賺個五披索，是伯爵指引她一條明路，讓她在葛萊西亞正正經經度過晚年。她告訴伯爵，她十四歲在瑪瑙斯港被母親賣掉，橫渡大西洋的時候，一艘土耳其船的大副狠心折磨她，然後把她扔在「平行道」燈火通明的濕地，身上沒錢，語言不通，沒名沒姓的。他們倆都知道彼此共通之處很少，所以兩人在一起的時候再寂寞不過了，可是雙方卻沒有勇氣破壞習慣帶來的樂趣。遇到一場國家大變動，他們倆才同時體會到，他們彼此憎恨有多深，卻又恨得多麼溫柔，而且延續了這麼多年。

那是突來的一場大火。卡多納伯爵正在聽麗西亞・阿爾巴尼斯和班尼亞明諾・吉戈里唱「波希米亞人」中的愛情二重唱，恰好聽見廚房裏瑪麗亞・多斯・普拉策斯的收音機正播出一則新聞快報。

他躡手躡腳過去聽。西班牙永恆的獨裁者佛朗哥元帥扛起責任，決定了三位巴斯克分離主義分子的死刑命運。伯爵鬆了一口氣。

他說，「那他們一定會被槍斃，因爲領袖是個正義之士。」

瑪麗亞・多斯・普拉策斯用眼鏡蛇一般的怒眼瞪著他，看見金邊眼鏡後面那雙冷靜的瞳孔、貪吃的獸牙、性喜濕暗的動物那種雜色的手爪。看出了他的本來面目。

她說，「得了，你最好禱告他不要這麼做。只要他們槍斃其中一個人，我就在你的湯裏下毒。」

伯爵大吃一驚，「妳爲什麼要這樣？」

「因爲我也是個正義妓女。」

卡多納伯爵不再回來，瑪麗亞・多斯・普拉策斯確定她生命的最後周期已近終點。事實上，前不久公車上有人讓座給她，或者想扶她過街或扶她上樓梯，她還覺得憤慨呢，後來漸漸的，基於可恨的需要，她不但容許甚至渴望人家讓座或扶她。也就在那個時候她訂購了一塊無政府主義者的墓碑，上面沒有姓名也沒有日期；而且睡覺不鎖門，以便自己萬一在睡夢中死去，諾伊可以出去傳消息。

星期天她由墓地回來，碰見對門公寓的小女孩。她陪她走了好幾段街廓，以老祖母的純眞語調天南地北跟她聊天，同時望著她和諾伊像老朋友般玩在一起。依照計畫走到「鑽石廣場」的時候，她說要請她吃冰淇淋。「妳喜不喜歡狗？」她問道。

「我好喜歡，」小女孩說。

於是瑪麗亞・多斯・普拉策斯提出她早已想好的建議。她說，「萬一我出了什麼事，我希望妳收養諾伊。條件是禮拜天放牠出門，完全不用管。牠知道該怎麼辦。」

小女孩很高興。瑪麗亞・多斯・普拉策斯回到家，欣喜自己了卻了多年來心中漸漸成形的心願。可是夢想並未實現——不是因爲她年老體衰或遲遲不死，甚至不是出於她自己的決定。一個冰冷的十一月下午，她離開墓地的時候暴風雨突然來襲，命運爲她做了新的安排。她在三塊空墓碑上寫下死者的名字，正要走到公車站，突然來一陣傾盆大雨，把她渾身都淋濕了。她及時到一處沒有人煙的廠區門口躲雨，那兒簡直像另外一個都市：破舊的倉庫，髒兮兮的工廠，還有巨大的拖車，使得可怕的暴雨聲更加嚇人。瑪麗亞・多斯・普拉策斯盡量用身體爲渾身濕透的愛犬保暖，她看到擁擠的巴士開過去，看到空計程車豎著旗子開過去，但沒有人注意到她的求救訊號。在奇蹟都顯得不可思議的一刻，一輛華麗、幾乎沒有聲音的深鋼鐵色汽車駛過淹水的街道，突然停在轉角，倒車開到她站的地方。車窗奇蹟般搖下來，開車的人說要順道送她。

瑪麗亞‧多斯‧普拉策斯誠懇地說，「我要去很遠。不過你若肯載我一程，就是幫我一個大忙了。」

「告訴我妳要到什麼地方，」他堅持道。

「到葛萊西亞，」她說。

他沒用手碰門，門自動開了。

他說，「跟我同路，上車吧。」

車上有冷凍藥品的味道，她上車後，雨大得簡直可怕，城市整個變色，她覺得自己置身在一個奇妙又快樂的世界，一切都事先安排得好好的。駕駛人順利穿行在亂糟糟的人車陣裏，簡直像變魔術。瑪麗亞‧多斯‧普拉策斯不但為自己的慘境而喪膽，看到小狗可憐兮兮沉睡在自己膝上，更是膽顫心驚。

她說，「這眞像一艘郵輪，」她覺得應該說一點客氣話。「我沒見過這樣的車，連夢裏都沒見過。」

他用蹩腳的加泰朗語說，「眞的，唯一不對勁的就是車子不屬於我，」停了半晌他又用卡斯提爾話說，「我一輩子賺的錢也不夠買這輛車。」

「我想像得出來，」她嘆一口氣說。

她用眼角打量對方在儀表板青光照映下的面孔，發現他比青春期少年大不了多少，蓄一頭短短的鬈髮，臉孔側面像羅馬銅像。她覺得他不英俊卻有一種特殊的魅力，破舊的廉價皮夾克非常合宜，他母親聽見他走進門一定會覺得非常快樂。只有一雙勞動者的粗手教人相信他不是汽車的主人。

一路上他們不再說話，可是瑪麗亞．多斯．普拉策斯覺得他用眼角打量了她好幾次，她再度懊惱自己活這麼老。她頭上披著初下雨時匆匆蓋上的女傭披肩，身穿一件難看的秋大衣，因爲滿腦子想著死亡，竟沒想到要換下來，她自覺好醜好可憐。

等他們來到葛萊西亞，天開始放晴，夜幕低垂，街燈也亮了。瑪麗亞．多斯．普拉策斯叫駕駛人停在附近的轉角放她下來，但他堅持要送到她家前門，而且還慢慢停靠在人行道上，讓她下車不會弄濕身體。她放開小狗，盡量不失尊嚴地爬下車，她回頭謝謝他的時候，迎上對方雄赳赳凝視的眼神，頓時連氣都喘不過來。她忍耐片刻，不太明白是誰在等什麼或者等誰做什麼，這時候他用堅決的語氣問道：「我可以上來嗎？」

瑪麗亞・多斯・普拉策斯覺得屈辱。她說，「我很感激你好心載我回來，可是我不准你尋我開心。」

他用卡斯提爾語一本正經說，「我沒有理由尋誰開心，尤其是像妳這樣的一個女子。」

瑪麗亞・多斯・普拉策斯認識很多像他這樣的男人，也拯救過很多比他更大膽的男人免於自殺的命運，可是漫長的一生中她從來沒有像現在這麼怕做決定。她聽見他語調絲毫未變說：「我可以上來嗎？」

她舉步走開，沒關車門，用卡斯提爾語回答，好讓他聽得懂。「隨你。」

她走進街燈斜照下半明半暗的門廳，開始爬第一道樓梯，雙膝顫抖，心中充滿一種她認爲死亡時刻才可能有的恐懼。她停在二樓的房門外，拚命在皮包裏找鑰匙，急得發抖，聽見街上先後傳來兩陣關車門的聲音。走在她前面的諾伊想要叫。她硬生生壓低了嗓門命令道，「安靜。」這時候她聽見鬆掉的樓梯豎板上傳來第一陣腳步聲，眞怕自己的心臟會裂開。剎那間她徹底重溫過去三年來改變自己人生的那次夢兆，才看出自己解夢解錯了。

她訝然對自己說，「老天爺，原來不是代表死亡！」

最後她找到鎖，聽著黑暗中整齊的腳步聲，聽著黑暗中跟她一樣驚訝地走近來的人愈來愈急促的呼吸聲，於是她知道，等待了這麼多年，在黑暗中受了這麼多苦，就爲了能活這一刻，也值得了。

一九七九年五月開始構思

十七個中毒的英國人

普露登西亞・里內羅女士一抵達那不勒斯港，馬上發現這裏的氣味和里約哈查港一模一樣。由於她搭的老舊輪船載滿戰後初次從布宜諾斯艾利斯回祖國的義大利佬，船上沒有人會懂她的心情，所以她當然沒跟任何人說；可是她今年已七十二歲，又跟自己的同胞和自己的家鄉遠隔著十八天的海上航程，熟悉的氣味使她覺得沒有那麼孤單、那麼害怕和後悔。

黎明開始陸地上的燈光依稀可見。乘客起得比平常早，穿著新衣服，對上岸後的事沒有把握，心情沉重不堪，整個航程中倒像只有最後一個禮拜天是眞實的。很少很少人望彌撒，普露登西亞・里內羅女士是那少數人之一。以前她在船上走動都穿部分喪服，今天的打扮完全不同，一身棕色粗麻紗長罩衫，綁上聖方濟教派的帶子，足蹬一雙因爲太新才不像進香客穿的粗皮涼鞋。這是預先還願：她已經答應上帝，如果上帝保佑她來羅馬晉謁教皇，餘生她會穿長袈裟穿一輩子，現在她已經當做願望實現了。彌撒完了以後，她點一根蠟燭獻給聖靈，感謝祂灌注勇氣，讓她得以忍受加勒比海的暴風雨，然後爲九個子女和十四個孫子女一一祈禱——此刻他們正在里約哈查港的大風夜裏夢見她呢。

她吃完早餐上甲板，船上的情景已經變了。大舞廳堆了不少行李，義大利人在安蒂列斯羣島奇幻市場買的各種觀光客小玩意兒也放在那邊，沙龍的吧檯上有一隻柏楠布柯來的獮猴關在鐵籠子裏。這是八月初一個亮麗的淸晨，戰後典型的夏日禮拜天，光線有如上蒼每日的啓示，巨大的船身像不良於行的病人用力喘氣，一寸一寸挪移穿過透明的止水。陰森森的安柔公爵古堡剛剛開始在地平線上浮現，可是甲板上的乘客自以爲認出了某些熟悉的地方，他們看不淸楚卻指東指西，用南部方言歡呼著。普露登西亞・里內羅女士在船上交了好多親暱的老朋友，在人家父母跳舞時替他們看小孩，甚至替大副縫過鈕釦，現在卻覺得他們好生疏，全都變了一個人，令人感到很意外。在赤道悶熱的暑氣裏起先很想家，多虧大家的社交熱誠和人情溫暖幫她熬過來，那種精神現在已經消失了。港口一出現，大海上的永恆情誼立刻畫上休止符。普露登西亞・里內羅女士不熟悉義大利人健談的本性，以爲問題不在別人的情感易變，而是出在她自己，因爲人人都是返鄉，只有她是出國。她倚著欄杆打量水中許多已消失的世界留下的遺跡，生平頭一次感受到身爲異鄉人的劇烈痛苦，心想每一次遠航大概都是如此吧。突然間站在她旁邊的一位很美的女孩子發出恐怖的尖叫，嚇了她一跳。

她指著下面嚷道，「我的媽呀，看那邊。」

是一個淹死的男人。普露登西亞・里內羅女士看見那人臉孔朝上浮在水面，是個具有罕見特徵的禿頭成年男子，張著一雙開心的眼睛，眸子像黎明天空的顏色。他穿著全套晚禮服和一件織錦背心、漆皮鞋子，西裝翻領上別一朵新鮮的梔子花，右手拿著一個用禮物紙包裝的方形小包裹，蒼白的手指牢牢抓著船頭，死前發現能抓的只有這樣東西。

一位船上的官員說，「他一定是參加婚宴落水的。夏天這片水域常常發生這種事。」

這個情景只在大家心中出現片刻，後來船隻進入海灣，其他不那麼悲慘的東西遂分散了乘客的注意力。可是普露登西亞·里內羅女士一直想著那個溺水客，可憐的溺水客，他那長下襬的外衣還在他們後面隨波盪漾呢。

船一入港，有一艘破舊的拖船出來迎接，拉著船頭引它在無數戰時被摧毀的軍艦羣中穿梭。大船經過生銹的廢船堆時，海水化為油汚，氣溫甚至比下午兩點的里約哈查港還要高。在狹窄的水道另一側，整個城市和擠在丘陵上的所有奇幻宮殿、彩漆老茅舍都在十一點鐘的艷陽下燦然浮現了。這時被攪動的水底傳來一陣難以忍受的臭味，普露登西亞·里內羅女士在她家院子裏聞過這種味道，知道是腐爛的螃蟹發出的腥臭。

船隻進港的時候，乘客們從碼頭亂哄哄的人羣中認出自己的親戚，喜形於色。他們大部分是徐娘半老的婦人，眩目的大胸脯緊綳在灰暗的衣服裏，個個擁有全世界最美最多的小孩，以及瘦小勤勞的丈夫——任何時空都不乏這種在太太之後看報紙，大熱天還穿得像個法律公證人的丈夫。

在一片喜洋洋亂紛紛之際，一個穿著乞丐大衣、表情悲悽的老人雙手從口袋裏掏出大量小雞仔。霎時間防波堤上滿是小雞，發狂吱吱叫，羣眾對這個神奇的畫面視若無睹，正因爲是魔術，很多小雞被踩到以後還活下來，繼續奔跑。魔術師把帽子翻過來放在地上，可是欄杆邊的人沒有一個好心扔半枚銅板給他。

普露登西亞·里內羅女士覺得這項奇觀好像是爲她表演的，也只有她欣賞，她一時看得入迷，竟沒有注意到跳板已經放下，人山人海像海盜來襲一般湧到船上。她被震天的歡呼和這麼多家人夏天散發的爛洋葱氣味搞得頭昏眼花，又被搶搬行李的一羣羣挑夫推來推去，眞怕自己會像碼頭上的小雞隨時有暴斃的危險。於是她坐在彩色錫框的木頭行李箱上，大無畏地待著不動，連番禱告以抵制異教徒國度的誘惑和危險。等兵荒馬亂的場面過去，空空的大舞廳只剩她一個人，大副發現了她。

大副帶點兒親切說，「現在不應該有人留在這裏。我能幫妳做點什麼嗎？」

「我要等領事來，」她說。

這話不假。登船前兩天，她的長子拍了封電報給一位擔任那不勒斯領事的朋友，要他到港口去接他母親，協助她辦理轉往羅馬的手續。他已告訴他船名和抵達的時間，說她靠岸的時候會穿聖方濟袈裟，一眼就可以認出來。她對這些安排毫不妥協，大副只得答應讓她多等一會，只是不久船員吃午餐的時間就要到了，他們已經把椅子放在桌面上，正用一桶桶的水沖洗甲板。爲了怕弄濕她的行李箱，他們把它挪動了好幾次，她一直換位子，表情卻一成不變，祈禱也沒有中斷，最後他們將她帶出康樂室，任她坐在陽光下的救生艇堆裏。將近兩點鐘大副發現她還坐在那兒，袈裟內汗流浹背，毫無指望地念著玫瑰經，因爲她又害怕又傷心，只有這樣才能忍住不哭出來。

大副不像剛才那麼和藹，他說，「妳繼續祈禱也沒用。八月連上帝都度假去了。」

他解釋說，這個時節義大利人有一半在海灘上，尤其是禮拜天。基於責任特殊，領事可能沒有去度假，但是領事館不到禮拜一絕對不會開門。她應該找一家旅館，好好睡一覺，次日再打電話到領事館；電話簿裏一定可以查到號碼。普露登西亞・里內羅女士別無選擇，只好接受他的判斷，大副就幫她辦入境、海關和兌換錢幣等手續，送她上計程車，含含糊糊吩咐司機載她到一家比較高尚的旅館。

破舊的計程車看來像靈車改裝的，一路沿著荒涼的街道東倒西歪往前開。普露登西亞・里內羅女士一度覺得街心的曬衣繩上鬼影幢幢，還以爲她和司機是這座鬼城裏唯一的活人，但她也相信這麼健談這麼熱情的人不可能有時間傷害一個冒險遠度重洋來晉謁教宗的孤單女子。

在街道迷宮的盡頭，她又看見了大海。計程車繼續沿著滾燙卻沒有人煙的海灘前進，海灘上有無數漆了各種亮麗色彩的小旅館。車子沒停在這些旅館前面，卻直接開進一處有大棕櫚樹和綠凳子的公園，來到一家最不炫麗的旅社。司機把行李箱放在涼蔭人行道上，他看見普露登西亞・里內羅女士猶豫不決，忙向她保證這是那不勒斯最正經的旅館。

一位英俊又好心的門房扛起行李，負責接待她。他帶她去乘樓梯間裏臨時加裝的金屬格子電梯，並以驚人的決心開始高唱一首普契尼的抒情調。這是一幢高齡建築，九層樓面經過整修，各設有一家不同的旅館。普露登西亞・里內羅女士突然產生一種幻覺，覺得自己置身在一個雞籠裏，慢慢爬升，穿過回聲隆隆的大理石樓梯間中央，瞥見很多人在自己家裏懷著最不足爲外人道的焦慮，身穿破內衣褲，直打酸嗝。到了三樓，電梯猛停下來，門房不再唱歌，他打開滑動的菱形門，殷勤地一鞠躬，向普露登西亞・里內羅女士表示她住的地方到了。

她在走廊上看見一個無精打采的少年待在木頭櫃檯後面，檯上嵌有彩色玻璃，擺著銅製的遮蔭植物盆栽。少年跟她的小孫子一樣留著天使般的鬈髮，她一看就喜歡。她喜歡刻在銅板上的旅社名稱，她喜歡那股碳酸味兒，她喜歡垂懸的羊齒植物，喜歡寂靜的氣氛，以及壁紙上的金色鳶尾花。她踏出電梯，心突然往下沉。一羣穿短褲和海灘涼鞋的英國觀光客正在一長排安樂椅上打瞌睡。他們一共有十七位，勻勻整整坐著，活像只有一個人在鏡子大廳裏反覆映照出重疊的影像。普露登西亞·里內羅女士只看了他們一眼，也不去分辨誰是誰，唯一看到的就是一長排粉紅色的膝蓋，像肉店鈎子上掛的一大堆肉塊。她沒向櫃檯再走一步，驚惶失措退回電梯裏。

「我們到別層樓，」她說。

「只有這一層樓設有餐廳，夫人，」門房說。

「無所謂，」她說。

門房作了個同意的手勢，關上電梯門，繼續唱剛才沒唱完的歌，然後到了五樓的旅社。這邊一切看起來不如三樓嚴謹，店主是一個春神般的主婦，西班牙語說得很流利，走廊上的安樂椅也沒人睡午覺。這家旅社沒設餐廳，可是社方跟附近一家餐廳講好以優惠價格供應餐點給房客。普露登西亞·里內羅女士一方面看店主口若懸河，和藹可親，一方面也是看到走廊上沒有粉紅膝蓋的英國人睡在那兒，鬆了一口氣，就決定：好吧，暫住一夜。

下午三點她房間的百葉窗關著，朦朦朧朧保留了密林的涼快與寂靜，正是大哭一場的好地方。普露登西亞·里內羅女士一看四周沒有旁人，立刻扣上兩道門鎖，從早上到現在第一次撒出斷斷續續的涓涓尿水，使她恢復了旅途中失去的自我意識。接著她脫下涼鞋和腰帶，向左側躺在獨眠嫌太大也太孤單的雙人床上，這才流下大串遲來的眼淚。

她不但第一次離開里約哈查港，孩子們結婚搬出去以後，她單獨帶著兩個赤腳的印度安婦人看顧丈夫的病體，根本難得出門。丈夫昏睡將近三十年，鋪著羊皮墊子躺在年輕時夫妻燕好的床上，她則大半生待在臥室裏，面對此生唯一愛過的男人朽壞的身軀。

去年十月，病人忽然神智清醒睜開眼睛，認得出家人，叫他們去找個攝影師來。他們從公園裏請來老攝影師，帶來大風箱、黑套筒照相機以及室內拍照用的鎂光板。病人親自安排照片。他說，「一張給普露登西亞，報答她一生給我的愛和幸福，」鎂光燈閃第一次，照下這張。「現在再照兩張，給我親愛的女兒普露登西塔和娜塔莉亞，」他說。這兩張也照了。「再照兩張給我的兒子，他們的親情和良好的判斷力堪爲家族表率，」他說。就這樣一直拍到攝影師相紙用完，還得回家拿新的。四點鐘鎂光燈的煙霧和鬧哄哄趕來要照片的親戚、朋友、熟人弄得臥室裏的空氣悶得要命，病人在床上漸漸失去知覺，他向每一個人揮別，活像在輪船的欄杆邊告別人世。

人人都以爲他的死對寡婦是一大解脫，其實不然。相反的，她傷心欲絕，於是孩子們聚在一起問她怎麼樣才能給她安慰，她說她只想到羅馬去晉謁教皇。

她告訴他們，「我要一個人去，而且穿聖方濟的袈裟。我已經立了誓。」

多年戰戰兢兢守護病人，那段時期留存至今的唯一安慰就是痛快哭一場。在船上她跟兩位在馬賽港上岸的克拉里斯姊妹同房，只能躲在浴室裏偷偷哭。結果她離開里約哈查港之後，只有那不勒斯的旅館房間可以痛快哭個夠。要不是店主七點鐘來敲門，告訴她不趕快到餐廳就會沒東西吃，她會哭到第二天火車要開往羅馬才打住呢。

門房陪她走。一陣涼風開始由海上吹來，七點鐘蒼白的陽光下還有一些泳客留在海灘。普露登西亞・里內羅女士跟著門房走上幾條又陡又窄又難走、剛由午睡中漸漸清醒的街道，來到一處有樹蔭的涼亭，那邊的餐桌都鋪了紅格子檯布，瓶瓶罐罐權充花瓶插了紙花。時間還早，只有男女服務生跟她同時用餐，還有一位窮神父在後桌吃麵包和洋葱。她走進去的時候，覺得每個人都盯著她的棕色袈裟瞧，但她不爲所動，知道被人嘲笑也是苦修的內容之一。相反的，普露登西亞・里內羅女士很同情金髮碧眼、長得很漂亮、說話像唱歌的女服務生，心想義大利戰後的情況一定很糟，才會連這樣的女孩子都得在餐廳伺候人。但是在花朵盛放的涼亭裏她覺得很自在，廚房裏月桂葉燉肉的香味更喚醒了當天因焦慮而忘記的飢餓感。好久以來她第一次不再想哭。

可是她吃不到心裏想吃的東西，一來金髮碧眼的女服務生雖然很和氣很有耐心，彼此溝通卻有困難，二來是這邊能吃到的肉類只有鳴鳥肉，而那種鳥在里約哈查港是關在籠子裏養的。在角落裏吃東西的神父後來權充翻譯，他試著讓她瞭解歐洲戰爭的緊急狀況尚未結束，還有林中鳥可吃應該算是奇蹟了。但她把鳥肉推開。

她說，「我會覺得像吃自己的小孩。」

所以她只好將就喝些細麵條湯，吃一盤發臭的醃肉絲煮南瓜，以及一片硬得像大理石的麵包。她用餐的時候，神父走近她的餐檯，以慈善爲名要求她招待一杯咖啡，於是跟她坐在一起。他是南斯拉夫人，曾到玻利維亞傳教，說得一口笨拙卻表情豐富的西班牙話。普露登西亞・里內羅女士總覺得他看來像普通男人，沒有蒙受上帝恩典的形跡，又發覺他雙手難看，指甲斷裂又骯髒，呼吸帶洋葱味，久久不散，倒像一種天生的特質了。但他畢竟是神職人員，她離家這麼遠，認識一個可以交談的人總是值得欣慰的。

他們悠哉游哉閒聊，別的餐檯愈來愈多人落座，四周漸漸充斥粗俗的噪音；他們根本沒聽見。普露登西亞・里內羅女士對義大利已有定見：她不喜歡這兒。不是因爲義大利人話太多，不莊重，不是因爲他們很過分，居然吃會唱歌的鳥，而是他們竟有讓溺死者漂在水面不理不睬的惡習。

神父花她的錢點了咖啡和一客葛拉帕白蘭地，他設法指明她的意見是多麼膚淺。戰爭期間義大利人已建立一套非常有效率的服務系統，對那不勒斯海灣的溺水者加以救援、認屍，葬在聖潔的土地。

神父說，「幾百年前，義大利人得知人類只有此生，就盡量過得好一點。這使他們很會算計也很健談，但也治好了他們殘酷的毛病。」

「他們甚至不停下船來，」她說。

神父說，「他們是用無線電通知港滬當局。這個時候他們已經把他撈起來，以上帝之名下葬了。」

這個討論改變了兩個人的心情。普露登西亞·里內羅女士吃完飯，才發覺所有的餐檯都坐滿了。附近的幾張桌子上，幾近全裸的觀光客悶聲吃東西，有一兩對男女正在親嘴沒有吃。後面靠吧檯的桌子上，附近來的人正在玩骰子，喝一種沒顏色的酒。普露登西亞·里內羅女士明白，她來這個令人不愉快的國家只有一個理由。

「你看晉謁教宗會不會很困難？」她問道。

神父說夏天再容易不過了。教宗正在甘多佛堡度假，每星期三下午他會爲全世界來的朝聖者舉行公開的晉謁式。門票很便宜：二十里拉。

「他聽告解要收多少錢？」她問道。

「聖父是不聽告解的，」神父有點訝異和憤慨，「除非爲那些國王，當然。」

「我不明白他怎麼會拒絕一個千里迢迢來的弱女子，」她說。

神父說：「有些國王雖貴爲一國之君，照樣到死還在等。請問：妳一個人長途跋涉只求向聖父懺悔，妳一定犯了什麼可怕的罪。」

普露登西亞·里內羅女士想了一會兒，神父第一次看她露出笑容。

她說，「聖母啊！我只要看他一眼就心滿意足了，」她自肺腑發出一陣嘆息，又說：「那是我一輩子的夢想！」

其實她仍然感到害怕和悲哀，恨不得儘快離開餐館，離開義大利。神父大概認爲這個受騙的婦人身上再也榨不出油水了，於是祝她好運，轉往另一張餐檯藉慈善之名叫人請他喝咖啡。

普露登西亞．里內羅女士走出餐廳，發現市容整個變了。她對晚上九點的陽光非常驚訝，也被闖進街上吹晚風的熱鬧人羣嚇壞了。好多瘋狂的偉士牌機車噗噗啓動，簡直叫人受不了。打赤膊的男人在前面騎，漂亮的女伴坐在後面摟著他們的腰，車子不規則行進，在懸吊的豬隻和擺滿香瓜的檯子之間穿進穿出。

這是嘉年華會的氣氛，在普露登西亞．里內羅女士眼中卻成了一項災難。她迷了路，突然置身在一條花街柳巷，許多一模一樣的房舍門口坐著沉默的女人，門前一明一滅的紅燈嚇得她直打哆嗦。一個衣著考究、戴金戒指和鑽石領帶夾的男人跟蹤她走了好幾段街廓，先後用義大利語、英語和法語跟她說話。沒聽她答腔，他就從口袋裏掏出一包明信片，拿一張給她看，她只瞄一眼便覺得自己恍如走過地獄。

她落荒而逃，到了街道盡頭又看見黃昏的海面，聞到跟里約哈查港一樣的腐貝類臭味，心臟才恢復正常。她認出了無人的海灘上那排漆了顏色的旅館、靈車般的計程車、浩瀚天空裏亮燦燦的第一顆星星。在海灣另一側，她認出了她搭乘的那艘船，孤零零龐然停靠碼頭邊，每一個甲板都燈火通明，她體會到那艘船跟她的人生已不再有任何關連了。她在街角左轉卻走不過去，因為人羣被一隊警察擋著。她住的旅館大樓外，一排救護車開著門等候。

普露登西亞・里內羅女士踮起腳尖，隔著看熱鬧的人羣望過去，又看到了那些英國觀光客。他們被人用擔架擡出門，一個接一個，全都靜止不動，莊嚴肅穆，全都穿著正式的晚宴裝：法蘭絨長褲、斜條紋領帶、暗色外衣胸袋上繡有「三一學院」的紋章，看起來還是很像一個人被複印許多次。他們被擡出來的時候，陽台上看熱鬧的鄰居、被擋在街上的人羣都齊聲數人數，活像置身在露天體育場。一共有十七位。他們兩個兩個一組被抬上救護車，在警報器的嚎叫聲裏載走了。

普露登西亞・里內羅女士遇到這麼多駭人的事，頭暈眼花，她踏進電梯，裏面擠滿別家旅社的房客，各自說著別人聽不懂的語言。每層樓都有人下電梯，只有三樓例外——三樓門開著，燈也開著，但是櫃檯沒人，她上次看見十七個英國人露出一排粉紅膝蓋午睡的走廊安樂椅也沒有人坐。五樓的店東忍不住興奮地大談這次災變。

她用西班牙語對普露登西亞·里內羅女士說，「他們都死了。他們是晚餐喝牡蠣湯中毒。想一想，居然在八月天吃牡蠣！」

她遞上房門鑰匙，不再理她，轉而用她自己的方言對別的房客說，「既然這邊沒有餐廳，每一個去睡覺的人都會活著醒來！」普露登西亞·里內羅女士喉嚨裏又哽著一泡淚，她扣上門鎖，然後把小寫字枱、安樂椅和自己的行李箱推過來擋著門，形成難以通過的障礙，抵擋一個同時發生這麼多事件的國家帶給她的恐懼。然後她換上寡婦的睡袍，仰臥在床上，念了十七次玫瑰經，祈求十七個中毒而死的英國人靈魂能得到永遠的安息。

一九八〇年四月開始構思

你滴在雪上的血痕

我只在巴塞隆納的「薄伽丘」大眾俱樂部見過他一次，距離他慘死只有幾個鐘頭。當時是凌晨兩點，一幫瑞典青年正在追他，想帶他去續完卡達魁斯的一場宴會。一共有十一個瑞典人，男男女女看來都差不多：個個都很美，臀部窄窄的，留一頭金色長髮，很難分出誰是誰。他絕對不超過二十歲，滿頭鬈髮呈藍黑色，皮膚光滑泛黃，只有從小被母親訓練走蔭涼處的加勒比海人才會有那樣的膚色，一雙阿拉伯眼睛可以教瑞典少女甚至少數男孩子爲之瘋狂。他們把他當做腹語術表演的傀儡，安放在吧檯上，一面拍手伴奏一面向他猛唱流行歌，想說服他一起走。驚懼中他企圖說明理由。有人出面干涉，大聲叫他們不要煩他，一個瑞典青年笑得上氣不接下氣，跟他頂嘴。

他吼道，「他是我們的。是我們在垃圾桶裏撿到的。」

那時我剛聽完大衛・歐斯楚克在「音樂廳」的最後一場音樂會，跟一羣朋友進去不久，看瑞典人不信邪，我直起雞皮疙瘩。那個男孩子的理由神聖不可侵犯。他曾在卡達魁斯住過，受雇在一家時髦的酒吧演唱安蒂列斯羣島歌曲，頭一年夏天碰到北風，勇氣全盤瓦解，第二天設法逃離那兒，決定不管有沒有北風都不再回去，他確定自己若回去必死無疑。那是加勒比海人的確切預感，這一幫北歐半島理性主義者正爲夏日風情和加泰朗濃酒而興奮，酒後萌生出種種放蕩的念頭，怎能理解那一套呢？

我比誰都瞭解他。卡達魁斯是布拉瓦海岸線上數一數二的美麗城鎮，保存之完整也是數一數二。入鎮的狹窄公路必須順著一處萬丈深崖拐來拐去，開車時速想超過五十公里需要精神非常穩定才行，這是保存原貌的部分原因。舊一點的房子白白矮矮的，是傳統的地中海漁村式樣。新房子都由著名的建築師建造，頗尊重原有的和諧。夏天暑氣宛如從街道另一端的非洲沙漠傳來，卡達魁斯立刻變成地獄般的巴別塔，三個月期間歐洲各地來的觀光客跟本地人競相控制天堂，還得跟早些時候趁房價低時幸運買了房子的外國人競爭。可是在春天和秋天卡達魁斯看來最美的時候，人人想起內陸吹來的凌厲黏人的北風，都忍不住害怕，據當地人和幾位受過教訓的作家說，那種風挾帶著發瘋的種子。

在十五年前身歷北風淫威之前，我是該城的忠實訪客。有一個禮拜天的午休時間，我莫名其妙預感會出事，風還沒來我就感覺到了。我的精神低落，沒來由地傷心，總覺得當時還未滿十歲的兩個孩子正用仇視的目光在屋裏屋外緊盯著我。過了不久，門房拿一個工具箱和航海繩進來，把門窗固定好，對我垂頭喪氣一點也不意外。

他說，「是北風。再過不到一個鐘頭就要來了。」

他很老很老，以前當過海員，身上仍穿著防水夾克，戴水手帽，吸煙斗，皮膚被海上的鹽分熏得焦焦的。他有空的時候常在廣場上跟幾次敗戰的老兵打保齡球，跟海灘各酒店的觀光客喝飯前酒，說一口砲兵階級的加泰朗語，卻有本事用任何語言讓人明白他的意思。他以認識全球的港口爲榮，但不認識任何內陸的都市。「連最有名的法國巴黎都沒去過，」他說。他對不是走在水上的交通工具都沒有信心。

最後幾年他老化得厲害，沒再回街上去。他向來一個人住，大部分時間待在門房宿舍，精神上很孤單；自己用酒精燈和罐子煮東西吃，但他只要憑這些用具就能請我們吃一頓出色的美食。他總在黎明時分開始一層一層照顧房客，是我一生所見少有的殷勤慷慨的人，具有加泰隆尼亞人自動自發的大度量和粗獷的柔情。他話很少，說話直截了當、簡單扼要；沒事做的時候，會花好幾小時塡寫足球賽勝負預測表，但他不常寄出去。

那天他一面釘牢門窗預防災難，一面跟我們談北風，活像那是一個可恨的女人，但少了她人生又會失去意義似的。水手也會對陸地的風這樣頂禮膜拜，我覺得很吃驚。

「這是老伴之一，」他說。

印象中他的一年不是照日期和月份來分割，而是照北風吹幾次來分的。「去年，第二次北風吹來三天後，我患了結腸炎，」有一次他跟我說。也難怪他相信每吹一次北風，人會老好幾歲。他實在太執著了，我們都好渴望認識這種風，把它當做一個致命又誘人的訪客。

我們沒等多久。門房一走，我們就聽見一陣呼嘯，愈來愈尖銳，愈來愈強烈，終於化爲地震般的驚雷。這時候風開始吹了。先是斷斷續續一陣一陣，後來次數愈來愈頻繁，最後只留下一陣風，不變動，不停息，不紓解，強烈和殘酷有如超自然的力量。也許因爲守舊的加泰隆尼亞人有種特殊的偏好，愛海卻不喜歡看海吧，我們的公寓面向高山，跟加勒比海的習俗正好相反。所以強風是迎面吹來，眼看要把拴窗戶的繩子吹走了。

我最好奇的是，天氣還好得很，景觀美麗絕倫，金色的太陽依舊，大無畏的藍天依舊。我甚至決定帶孩子們到街上去看海。畢竟他們是飽經墨西哥地震和加勒比海的颶風長大的，再多經歷或少經歷一次風也沒什麼好擔心的嘛。我們躡手躡腳經過門房的房間，看見他對著一盤香腸青豆發呆，正望著窗外的北風。他沒看見我們走出去。

我們在房子的背風面勉力前進，可是到了沒有遮掩的角落，不得不緊抓住燈桿才沒被狂風吹走。我們就這樣待在燈桿邊，望著狂風劇變中一動也不動的澄藍海洋，簡直驚呆了。後來門房找了幾位鄰居幫忙，趕來救我們。這時候我們終於相信，唯一理性的做法就是留在室內等上帝改變心意。誰也不知道要等到什麼時候。

兩天過完，我們總覺得可怕的風不是一種自然現象，而是某人針對我們──而且只針對我們而來──的切身凌辱。門房一天來看我們好幾次，擔心我們會發狂，他帶來應時的水果，還帶糖果給孩子們吃。禮拜二午餐時間，他請我們吃他用廚房罐子燒煮的加泰隆尼亞名菜──兔肉和田螺肉。那是恐懼中的盛宴。

星期三除了風什麼事都沒有，那是我今生最漫長的一天。不過有點像黎明前的黑暗，過了午夜我們都同時醒來，感覺一種全然的寂靜如千軍萬馬壓在心頭，只有死亡的寂靜差可比擬。面山的樹上沒有一片葉子是動的。於是我們在門房屋裏還沒開燈前走到街上，津津有味觀賞黎明前滿天星斗的天空，和磷光閃閃的海面。雖然還沒到五點鐘，但很多觀光客都在岩灘上慶祝得到解脫，帆船閉門思過三天後終於被套上各種裝備。

我們出門的時候，沒有特別注意門房的房間黑漆漆的。等我們回到屋裏，空中也像海面泛著磷光，他的房間還是黑的。我覺得奇怪，敲了兩次門，沒人答腔，我就把門推開。我相信孩子們比我先看見他，他們驚恐地尖聲大叫。老門房身穿水手服，襟上別一枚傑出水手的勳章，吊死在中間的屋椽上，身子還隨著最後一陣北風晃來晃去。

我們度假度到一半，比預定計畫提早離開那個村子，心裏很想家，決定永遠不回來了。觀光客都回到街上，廣場上傳來音樂聲，老兵們勇氣盡失，幾乎沒什麼興致玩保齡球。隔著「濱海」酒吧髒兮兮的櫥窗，我們瞥見幾個朋友劫後餘生，在亮麗的北陸風春天裏又開始活動。但現在那一切都已成過去。

也因此，在「薄伽丘」俱樂部黎明前的悲慘時刻，有人自認難逃一死而不肯回卡達魁斯，那種恐怖的心情沒有誰比我更瞭解。可是要勸瑞典佬打消原意根本不可能，他們硬拖著那個少年走，想以歐洲人的好意強迫治療他的非洲迷信。在不同批顧客的鼓掌聲和噓聲裏，他們把又踢又蹬的他推上一輛客貨兩用車，車上已擠滿深夜出發要兼程趕往卡達魁斯的醉鬼。

第二天我被電話鈴吵醒。我聚會回來忘了關窗簾，醒來不知道時間，只見臥室裏滿是燦爛的夏日陽光。我一時沒認出電話那頭是誰的聲音，但對方憂愁的語調霎時驅走了我的睡意。

「你記不記得他們昨天晚上硬帶到卡達魁斯的少年？」

我不用聽下去就知道怎麼回事了。只是事情比我想像中還要戲劇化。男孩想到自己馬上就要進入卡達魁斯，簡直嚇壞了，他趁那些瘋狂的瑞典青年不注意，想逃開難以避免的死亡，竟跳出疾行的客貨兩用車，墜入了萬丈深淵。

一九八二年元月開始構思

富比士小姐的幸福暑假

我們下午回家的時候，發現一條巨型的海蛇脖子被釘在門框上，黑色身體發著磷光，眼睛還亮閃閃，張開的下頦露出鋸子般的牙齒，整個看起來活像一道吉普賽的惡咒。我當時大約九歲，狂亂中看見那個畫面，驚嚇過度，一時發不出聲音。比我小兩歲的弟弟丟下氧氣筒、潛水面具、鰭狀肢，驚叫著逃開。順著碼頭通往我家的礁石灘有一道整死人的石階，富比士小姐在階梯上聽見他的尖叫，忙跑到我們面前，臉色鐵青直喘氣，但她一看門上釘的怪物就明白我們害怕的原因了。她老是說兩個小孩在一起的時候，一人犯錯兩人都有份，所以她爲弟弟尖叫而罵了我們兩個人，還一直斥責我們自制力不夠。她說的是德語，不是家教合約中規定的英語，可見她大概也很害怕，只是不肯承認罷了。等她氣息稍定，又說起一口僵硬的英語，掉起老學究的書袋來了。

她告訴我們，「牠叫希臘海鰻，因爲在古希臘人眼中是一種神聖的動物，所以這麼叫法。」

教我們深水游泳的當地青年奧瑞斯特突然出現在龍舌蘭樹後面。他額上套個潛水面具，身穿一件小游泳衣，腰際別一條皮帶，上面掛著六把形狀和尺寸各異的小刀，他總覺得要在水底狩獵，唯有跟獵物貼身搏鬥一途。奧瑞斯特年約二十歲，在海底的時間比在陸地多，身上隨時沾著機油，看起來甚至像海裏的動物。富比士小姐第一次看到他的時候，跟我父母說：簡直無法想像世上還有比他更美的人類。可是俊美並不能使他免去一頓苛責:他把海鰻掛在門上，明明是想嚇孩子們，所以被她用義大利話痛罵了一頓。接著富比士小姐吩咐他把牠拿下來，對這種神祕動物表示點敬意。還叫我們更衣準備吃晚餐。

我們片刻都不敢躭擱，趕快照辦，盡量不犯一點錯誤，在富比士小姐手下受教兩星期之後，我們已經知道活下去是多麼不容易了。兩人在浴室的幽光裏淋浴，我知道弟弟還想著那條海鰻。他說，「牠眼睛跟人一樣。」我有同感，卻叫他不要這麼想，還設法改變話題:最後我洗完踏出淋浴間，弟弟要我留下來陪他。

「還是大白天嘛，」我說。

我拉開窗簾。時當八月中，窗外可以看見亮燦燦如月球表面的平原一路伸展到小島另一頭，太陽還停在半空中。

弟弟說，「原因不在這裏。我只是怕被嚇到。」

我們下來就座時，他似乎很鎮定，每一件事都小心翼翼，所以得到富比士小姐特別的讚美，那一週的乖寶寶記錄還加了兩分。反之，我在最後一分鐘趕時間，上氣不接下氣衝進餐廳，先前得到的五分被扣了兩分。每得五十分我們就有資格吃雙份甜點，可是我們倆都沒得過十五分以上。實在可惜，眞的，我們再也沒吃過像富比士小姐做的那麼好吃的甜點。

晚餐開動前，我們站在空盤子後面祈禱。富比士小姐不是天主教徒，可是合約規定她要教我們每天祈禱六次，她特地學了我們的祈禱文以便履行這項條件。然後我們三個人坐下來，我倆屏息靜候，她仔仔細細檢查我們的言行舉止，等一切都十全十美才按鈴。接著廚娘芙爾維亞・福拉米尼亞進來了，手上端著在那個可惡的夏天吃了一季的細麵條湯。

起先只有我們和爸爸媽媽的時候，餐餐都像過節。芙爾維亞・福拉米尼亞上菜一直在桌邊咯咯笑個不停，她就有本事什麼都亂糟糟卻給我們的生活增添不少樂趣，然後還跟我們一起坐，從每個人盤裏拿點東西吃。可是自從富比士小姐掌控了我們的命運以後，她上菜就悶聲不響了，連湯在蓋碗裏汩汩滾的聲音都聽得清清楚楚。我們用餐，脊椎骨貼著椅背，一邊嚼十下再換另一邊嚼，視線一直不離開眼前心如鐵石、有氣無力的中年女老師。她正在背禮儀課程給我們聽，活像禮拜天的彌撒，卻沒人唱歌以慰心靈。

我們發現門上掛海鰻那天，富比士小姐跟我們大談愛國的義務。上完湯之後，芙爾維亞・福拉米尼亞在老師的教誨聲中彷彿乘著純淨的空氣飄飄而來，端出一道很香的雪白炙肉片。我一向喜歡魚，不太喜歡其他陸上或空中的食品，回憶起我們在瓜卡瑪亞的家，使我心情頗感安慰。可是我弟弟一口也沒嘗，硬是不肯吃那道菜。

「我不喜歡，」他說。

富比士小姐停止上課。

她告訴他，「你不可能知道喜不喜歡。你連一口都沒嘗。」

她向廚娘使了個眼色，可惜來不及了。

芙爾維亞‧福拉米尼亞對他說，「孩子，海鰻是世界上最好的魚。試試看。」

富比士小姐一直很鎮定。她搬出不近情理的方法論告訴我們：海鰻古時候是諸王的美食，由於能給人帶來超自然的勇氣，戰士們常為搶牠的膽汁大打出手。接著她又老調重彈說，好品味不是與生俱來的功能；也不是在某一年齡才教會的；要從幼年期開始強迫培養，所以我們沒有理由不吃。我在不知情的狀況下先嘗了海鰻的滋味，此後永遠記得個中的矛盾：海鰻肉有一股光滑憂鬱的味道，可是釘在門框上的大蛇印象卻比味覺更強烈。我弟弟努力咬一口，但他實在忍不住：他吐了。

「你去浴室，」富比士小姐鎮定如常說，「你仔細把身體洗乾淨，再回來吃。」

我非常替他難過，我知道他很怕在天黑時分穿過整間屋子，單獨留在浴室好好清洗。但他很快換上乾淨的襯衫回來，臉色蒼白，暗暗發抖，鼓起勇氣讓老師嚴格檢查他夠不夠乾淨。接著富比士小姐切了一片海鰻，命令我們繼續吃。我好不容易才咬第二口。弟弟連刀叉都不肯拿起來。

「我不吃，」他說。

他顯然非常堅決，富比士小姐讓步了。

她說，「好吧，但是你沒有甜點吃。」

弟弟獲得解脫，我也勇氣大增。我照富比士小姐敎的餐畢禮儀，把刀叉交疊在盤子上說：

「我也不吃甜點。」

「而且不准看電視，」她答道。

「我們不看電視，」我說。

富比士小姐把餐巾擺在桌上，我們三個站起來祈禱。接著她送我們進臥室，警告我們到她吃完的時候就得睡著。我們的乖寶寶分數都取消了，要等我們再多得二十分才能再享受她的奶油蛋糕、她的香草蛋塔、她精美的葡萄乾點心——我們一輩子都沒再吃過那樣好吃的甜點。

解脫遲早要來的。我們一整年都期待在西西里南端的潘特勒里亞島過一個自由的暑假，頭一個月父母跟我們在一起的時候，確實很自由。我至今還記得火山岩的陽光平原、永恆的大海、磚牆漆上生石灰的房子，恍如夢境一般；沒有風的晚上，窗外可以看見非洲燈塔的光芒。我們跟父親一起探勘小島附近沉睡的海底，發現一排黃色的魚雷，自上次戰爭就半埋在那兒；我們曾撈上來一個將近一公尺高的希臘雙耳古瓶，帶有已經石化的花圈，瓶底深處還有古代毒酒的殘渣；我們曾在熱氣騰騰的池子裏沐浴，池水密度高得幾乎可在上面行走。但最迷人的奇觀在於芙爾維亞・福拉米尼亞。她像一個快活的主教，身邊永遠跟著一隊睡眼惺忪的貓，走路都會絆到腳。但她自稱不是愛貓才容忍牠們，是怕被老鼠吃掉。晚上爸爸媽媽觀賞成人電視節目，芙爾維亞・福拉米尼亞就帶我們到相隔不到一百公尺的她家，教我們分辨突尼斯吹來的各種像遙遠的呢喃、像歌唱、像哀哀哭泣的風聲。她丈夫比她年輕很多，夏天在小島另一頭的觀光旅館工作，只回家來睡覺。奧瑞斯特跟他的父母住在不遠處，晚上經常帶一串串的魚和一桶桶現抓的龍蝦出現，掛在廚房，讓芙爾維亞・福拉米尼亞的丈夫第二天拿到旅館去賣。然後他會重新把潛水燈戴回額頭上，帶我們去抓那些大得像兔子、等著吃廚房剩菜的田鼠。有時候我們回家，父母已經睡了，要在老鼠搶食庭院垃圾的喧鬧聲中入眠，很不容易。可是，就連這種懊惱也成了我們快樂暑假的一項奇妙因子呢。

父親是一個加勒比海籍的作家，才華不見得高，倒挺自負的，雇個德國女家教大概是他一個人心血來潮的決定。他眩於歐洲光榮史蹟的餘燼，在作品和眞實的人生中似乎太急於擺脫自己的出身，而且一直妄想孩子們身上能不留下他自己過去的痕跡。母親仍然跟她在阿爾塔瓜吉拉當巡迴教師的時候一樣謙遜，她從來沒想過丈夫會有不符合天意的想法。於是他們跟另外四十位時髦作家去參加愛琴海諸島五週文化遊，找來一位多特蒙籍的士官當家教，一心一意要灌輸我們歐洲社會最古老、最陳腐的習慣，他們內心一定不曾自問過：我們跟這樣的人在一起，生活會是什麼樣貌？

富比士小姐是七月的最後一個禮拜六乘定期班船從巴勒摩來的，我們一看到她就知道好日子過完了。南國的大熱天她居然穿著戰鬥靴和重疊翻領套裝，毛氈帽下的頭髮剪得像男人似的。她身上有股猴尿味。父親告訴我們，「每個歐洲人都有那種體味，尤其是夏天。那是文明的氣味。」富比士小姐儘管外表十足軍人味，其實是個可憐蟲，如果我們年紀大一點，或者她若有一絲溫柔，也許會喚起我們的某種同情心也說不定。她一來世界完全變了。從暑假一開始，每週六小時的海泳便是我們想像力的連番訓練，如今卻變成反反覆覆上同樣的一小時課程。我們跟父母過日子的時候，愛跟奧瑞斯特游泳多久就游多久，看他在墨汁和鮮血模糊的章魚世界迎戰章魚，除了戰鬥小刀沒有別的武器，我們對他的技巧和勇氣萬分歎服。現在他仍然照慣例在十一點開著船尾裝有馬達的小艇過來，但是富比士小姐不許他上完我們的深海潛水課後多陪我們一分鐘。她禁止我們晚上到芙爾維亞・福拉米尼亞家，因爲她覺得跟傭人過分親密不好，而且我們必須把以前快快樂樂獵老鼠的時間用來分析閱讀莎士比亞。我們從小習慣在人家院子裏偷摘芒果，在瓜卡瑪亞滾燙的街上用石頭打死小狗，實在想像不出世上還有什麼折磨能比這種尊貴如王侯的日子更殘酷。

可是我們很快就發現，富比士小姐律己並不像對我們那麼嚴苛，她的權威遂出現了第一道裂縫。起先奧瑞斯特教我們潛水的時候，她留在海灘的七彩陽傘下，穿著軍裝，閱讀席勒寫的歌謠，然後給我們上社會行爲規範的理論課，一直上到午餐時間，先後上過好多好多個鐘頭。

有一天她要奧瑞斯特用小艇載她到旅社的觀光客店鋪，帶回一件黑亮得像海豹皮的連身泳衣，其實她從來沒下過水。我們游泳，她就在海灘作日光浴，用毛巾擦汗卻沒有沖澡，所以三天後她看來活像一隻煮熟的龍蝦，身上的文明氣味簡直叫人受不了。

晚上她盡情發洩自己的情緒。從她一來，我們就聽見屋裏有人走動，在黑暗中摸索，弟弟以爲是芙爾維亞・福拉米尼亞常說起的溺死鬼遊魂，怕得不得了。我們不久就發現，原來是富比士小姐，她晚上芳心寂寞，過的正是自己白天譴責的那種生活。有一天黎明時分，我們出其不意撞見她穿著女學生的長睡衣，正在準備她的絕妙甜點。全身包括面孔都沾了麵粉，正縱情痛飲一杯甜葡萄酒，那股放縱換了白天的富比士小姐一定會深惡痛絕。至此我們知道我倆上床後她不是回房間，而是偷偷下去游泳，或者在客廳待到很晚，觀賞未成年人不能看的電視節目，把聲音關掉，一個人吃整個蛋糕，甚至偷喝我父親一心一意留待重大場合使用的特殊美酒。與自己白天的禁慾說教和沉著鎮定完全相反，她狼吞虎嚥吃東西，情不自禁噎住了喉嚨。後來我們聽見她在房間裏自言自語，聽見她用和諧悅耳的德語朗誦〈奧爾良閨女〉的完整摘錄，我們聽見她唱歌，我們聽見她在床上啜泣到天明，然後她會出現在早餐桌，兩眼都哭腫了，看來比以前更陰鬱更專制。我和弟弟一輩子沒像當時那麼痛苦過。我準備忍受她到底，我知道她的話一定比我們的有效。可是弟弟卻使出一切性子跟她作對，我們的快樂暑假變成地獄一般。海鰻的插曲是最後的小關鍵。那天晚上，我們躺在床上聽富比士小姐在死寂的屋裏不斷來來去去，我弟弟吐出了靈魂深處所有的怨恨。

「我要殺了她，」他說。

我非常驚訝，與其說是被他的決心嚇一跳，不如說是因爲我自己晚飯後也一直在想同樣的事。但我設法打消他的念頭。

「他們會砍你的頭喔，」我告訴他。

他說，「西西里沒有斷頭台。何況也沒人會知道是誰幹的。」

我想起水中打撈到的雙耳希臘古瓶，裏面還存著古毒酒的殘渣呢。父親留著它，想徹底分析毒性的本質，覺得不可能只是歲月造成的。用那酒渣去毒富比士小姐一定很容易，沒有人會懷疑不是意外或自殺。所以破曉時分我們聽見她徹夜未眠而累垮以後，就把希臘古瓶裏的殘酒倒進父親特備的美酒瓶中。照我們聽來的說法，那個份量足夠毒死一匹馬了。

我們九點整在廚房吃早餐，富比士小姐親自給我們端來那天清晨芙爾維亞·福拉米尼亞留在爐面的甜麵包捲。我們偷換酒兩天後，一面吃早餐，弟弟一面失望地使個眼色，暗示我毒酒還原封不動放在餐具架上。那天是星期五；整個週末期間，酒還是原封未動。到了星期二晚上，富比士小姐一面觀賞電視上播的色情電影，一面喝下了半瓶。

可是星期三她照例準時來吃早餐。臉色照例一看就知道晚上睡不好；厚眼鏡下的眸子照舊很不自在；當她在麵包籃裏發現一封貼有德國郵票的信，眼神更不安了。她早就告訴我們不可以一面喝咖啡一面閱讀，自己現在卻一面喝一面讀信，讀著讀著，字裏行間發出的亮光躍上了她的臉。接著她撕下信封上的郵票，跟吃剩的麵包捲一起放進籃子，讓芙爾維亞・福拉米尼亞的丈夫帶回去集郵。儘管起先不太愉快，那天她倒陪我們潛入海洋深處探險，在一處優美的海水裏穿梭，等氧氣筒的空氣快要用完，我們沒上禮儀課程就回家了。富比士小姐不但整天心情都燦爛如花，晚餐時好像更活潑愉快。但弟弟實在受不了內心的失望。我們一聽到開動的命令，他立即以挑釁的姿態把那盤細麵條湯推開。

「這種爛蟲汁害我屁股痛，」他說。

他等於在桌上扔了一枚手榴彈。富比士小姐面色轉白，嘴唇的線條轉硬，後來爆炸的硝煙慢慢消散，她的眼鏡片已被淚水熏得一片模糊。於是她脫下眼鏡，用餐巾擦乾，帶點不光榮戰敗的酸楚，把餐巾放在桌上站起身。

她說，「你們愛幹什麼就幹什麼。就當我不存在。」

從七點鐘開始，她把自己鎖在房中。午夜前她以爲我們睡著了，我們看見她穿著女學生的長睡衣走過去，把半塊巧克力蛋糕和那瓶高過四指的毒酒帶回臥室。我的憐憫油然而生。

「可憐的富比士小姐，」我說。

我弟弟呼吸不太順暢。

「如果她今晚不死，我們才可憐呢，」他說。

那天晚上她又自言自語好久，用興奮得發狂的語調高聲朗誦席勒的作品，讀完後還大吼一聲，傳遍了整間屋子。接著她從肺腑吐出多次嘆息，又像漂流的小船般連續吹出悲哀的哨音。早上我們醒來，還爲一夜的緊張而筋疲力盡，太陽由百葉窗透進來，室內好像浸在水塘裏。這時候我們才發覺已經快十點了，富比士小姐居然沒按早晨的常規吵醒我們。我們沒聽見八點的廁所沖水聲，沒聽見水槽的水龍頭轉動，或者百葉窗的聲響，或者她脆脆的皮靴聲，或者她那隻奴隸主似的手背用力拍三下門的聲音。弟弟把耳朵貼近牆壁，屏息偵察隔壁房間有沒有些許生命的徵兆，最後才吐出一口解放的大氣。

他說，「這就對啦！只聽見海浪聲。」

我們在十一點前幾分自己弄早餐吃，然後趁芙爾維亞・福拉米尼亞還沒帶一隊貓兒來打掃以前到海灘去，兩人各帶兩個氧氣筒，另帶兩筒備用。奧瑞斯特已經在碼頭，正在將他剛抓到的六磅重的金斑頭魚開腸剖肚。我們跟他說，我們等富比士小姐等到十一點，既然她還在睡覺，我們決定自己來海邊。我們還說，她昨晚在餐桌上哭了，也許她睡得不好，想繼續睡。不出所料，奧瑞斯特對我們的說明根本不太感興趣，他陪我們劫掠海底一個多鐘頭。然後他說我們該上去午餐啦，就自己乘小船到觀光旅館去賣金斑頭魚去了。我們在石階上揮手告別，讓他以爲我們要上陸回家，等他消失在峭壁轉角，我們又戴上氧氣筒，沒經過任何人允許，自己繼續游泳。

那天多雲，地平線上雷聲隆隆，可是大海清爽又平靜，光是海底的光線已經足夠了。我們在海平面游到潘特勒里亞燈塔那條線，然後右轉一百公尺，在我們估計暑假開始時見過魚雷的地方潛入水底。魚雷眞的在那兒：一共有六枚，漆成陽黃色，系列號碼完好如初，依次排在火山岩質的海底，完全照順序，不可能是巧合。我們不斷繞著燈塔游，尋找芙爾維亞・福拉米尼亞常常恐怖兮兮談起的水淹城市，卻找不到。兩個鐘頭後，確信沒有新的奧祕可發掘了，我們才吞下最後一口氧氣，浮出水面。

我們游泳的當兒，一陣夏日暴風雨突然來襲，海面波濤洶湧，一羣嗜血的鳥兒循著氣味尖聲怪叫飛到海灘來找垂死的魚類。少了富比士小姐，下午的光線似乎新得迷人，人生變得眞美好。但我倆費了九牛二虎之力爬完巉巖上鑿出的階梯，卻看見我們家圍了一羣人，門口停了兩輛警車，我們第一次察覺自己闖了大禍。弟弟開始顫抖，想往後轉。

「我不進去，」他說。

相反的，我卻心慌意亂地以爲：只要我們去看看屍體，就不會啓人疑竇了。

我告訴他，「放輕鬆。深呼吸，只想一件事：我們不知情。」

沒人注意我們。我們把氧氣筒、潛水面具和鰭狀橡皮肢放在大門口，走到側面的迴廊，那邊有兩個人坐在擔架旁的地板上抽煙。這時候我們發覺後門有一輛救護車，還有幾個軍人帶著步槍。客廳裏的椅子已經推靠到牆邊，有幾個住在附近的女人坐在上面，正用方言祈禱，丈夫們則擠進庭院，談各種跟死亡無關的話題。我更用力捏緊弟弟僵硬、冰涼的小手，兩個人由後門走進屋內。我們的臥室門開著，屋裏跟我們早上出去的時候一模一樣。隔壁富比士小姐的房間有一個武裝警察守在門口，不過門是開的。我們懷著沉重的心情走過去，還沒往裏瞧，芙爾維亞・福拉米尼亞閃電般衝出廚房，驚叫著將門一把關上：

「看在老天爺份上，孩子，別看她！」

太遲了。我們一輩子忘不了那一剎那間瞥到的景像。兩個便衣人員正用皮尺量床鋪到牆壁的距離，另外一個人正用公園攝影家常用的那一類黑套筒照相機拍照。富比士小姐不在凌亂未整理的床上。她赤裸裸側臥在地板上的一灘乾血泊中，身上有好多處刀傷。一共有二十七個致命的刀孔，從傷口的數目和殘暴程度看來，對方一定是在瘋狂愛戀無法止息的情況中下的手，而富比士小姐也以同樣的熱情乖乖承受，甚至沒有尖叫或哭喊，一直以美妙的軍人嗓子朗誦席勒的佳作，心裏明白這是她的幸福夏天所必然要付出的代價。

一九七六年開始構思

流光似水

聖誕節男孩子們又要求一艘划艇。

他們的爸爸說，「沒問題。我們回卡塔吉娜再買。」

九歲的托托和七歲的喬爾遠比父母想像中來得堅決。

他們齊聲說，「不，我們現在就要。」

他們的母親說，「首先，這兒只有淋浴間的水可以行船。」

她和丈夫的話都沒有錯。他們在西印度卡塔吉娜的家有個帶海灣船塢的院子，還有一個可容兩艘大遊艇的棚舍。反之，他們在馬德里這邊是擠在卡斯特拉納街四十七號的五樓公寓裏。可是他倆曾經答應孩子們：如果他們在小學得到全班首獎，就送他們一艘有六分儀和羅盤針的划艇，而他們辦到了，所以到頭來父母雙方都無法推拒。於是做爸爸的把這些都買來，沒跟太太說半句，太太是比他更不願意還賭債的。那是一艘美麗的鋁艇，吃水線有一道金色條紋。

午餐的時候爸爸宣布，「小艇在車庫。問題是，沒有辦法由電梯或者樓梯把它搬上來，車庫也騰不出多餘的空間了。」

可是下一個星期六下午，孩子們請同學來幫忙把小艇搬上樓梯，好不容易才搬到女傭房。

爸爸說，「恭喜。現在呢？」

男孩子們說，「現在沒怎麼樣啊。我們只是要把小艇擱在房間裏，現在已經放進來啦。」

星期三爸爸媽媽照例看電影去了。孩子們成了家裏的大王兼主子，他們關上門窗，打破客廳裏一盞亮著的電燈燈泡。一股清涼如水的金光開始由破燈泡流洩出來，他們任由它流到近三呎深；然後關了電源，拿出划艇，就在屋內的小島之間隨意航行。

這次荒誕的奇航是我參加一次家用品詩歌研討會，說了幾句玩笑話的結果。托托問我爲什麼一碰開關燈就會亮，我沒有勇氣多思考。

「光就像水，你一扭開龍頭，它就出來啦。」我說。

於是他們每星期三晚上繼續行船，學習使用六分儀和羅盤針，等他們的父母看完電影回家，總發現他們在乾乾的陸地睡得像天使。幾個月後，他們渴望走更遠，就要求全套的潛水裝：包括面具、鰭狀肢、氧氣筒和壓縮空氣槍。

他們的父親說，「你們把一艘不能用的划艇放在女傭房間已經夠糟了。現在你們還要潛水裝備，豈不更糟糕。」

「如果我們第一學期贏得金梔子花獎呢？」喬爾說。

他們的母親惶然說，「不，已經夠了。」

他們的父親責備她太強硬。

她說，「這兩個孩子該盡本分的時候，連根釘子都贏不到。可是爲了得到他們想要的東西，他們什麼獎都拿得到，連老師的教席都能搶到手。」

最後父母既沒有答應也沒有拒絕。可是到七月，托托和喬爾各獲得一個「金梔子花獎」，且獲得校長公開表揚。那天下午，他們沒再開口，就在臥室裏發現兩套未拆封的潛水用具。於是下一個禮拜三，他們的父母在電影院觀賞「巴黎最後探戈」的時候，他們把公寓注滿了深達兩尋（約十二呎）的金光，像溫馴的鯊魚在床鋪等家具底下潛游，從光流底部打撈出不少幾年來迷失在黑暗裏的東西。

在年終頒獎大會上，兩兄弟被讚譽爲全校典範，獲頒傑出獎狀。這次他們用不著開口，父母主動問他們要什麼。他們非常講理，只要求在家開個宴會招待同班同學。

他們的爸爸和妻子單獨在一起的時候，滿面春風。

「這證明他們成熟了，」他說。

「從你的嘴巴出來，傳進上帝的耳朵。」他們的母親說。

下一個禮拜三，他們的父母正在觀賞「阿爾及爾戰役」時，卡斯特拉納街的行人都看見一道光瀑從一幢樹影掩映的老建築流洩下來；溢出陽台，一股一股沿著房屋正面傾注而下，呈金色洪流急奔下大道，一路照亮了市區，直亮到瓜達拉馬。

救火隊爲應付這個緊急狀況，撞開五樓的門，發現公寓滿是金光，一直淹到天花板。豹皮沙發和安樂椅在吧檯流出的酒瓶和大鋼琴間高高低低漂浮著，鋼琴上的馬尼拉罩巾載浮載沉，像一條金黃色的軟骨魟魚不停地搧動。家用品詩意盎然，自己長了翅膀在廚房的天空飛翔。孩子們跳舞用的軍樂隊樂器，在母親水族箱裏游出來的彩色魚兒間漂來漂去，那些魚是浩瀚的金光沼澤裏唯一活生生而且快快樂樂的動物。每個人的牙刷、爸爸的保險套和媽媽的面霜及備用假牙牀都浮在浴室裏；主臥室流出來的電視機則側浮著，畫面上還在播午夜成人電影的最後一段情節。

大廳那一頭，托托戴著潛水面具和僅夠抵達港口的氧氣，坐在船尾，隨浪潮擺動，手握緊雙槳，正在找燈塔；喬爾浮在船頭，還在用六分儀尋找北極星；滿屋子漂浮的是他們的三十七個同學，有的正在窺視天竺葵盆栽，有的正在唱改了歌詞來嘲弄校長的校歌，有的正從爸爸的酒瓶偷喝一杯白蘭地酒，就這樣化爲永恆。他們同時扭開太多燈，公寓氾濫成災，「醫院傳教士聖茱麗安紀念小學」的整整兩班學生遂淹死在卡斯特拉納街四十七號五樓——在西班牙的馬德里，一個夏天像火燒、冬風冷如冰、沒有海洋也沒有河流、內陸根性的居民永遠學不會光海航行術的遙遠城市。

一九七八年十二月開始構思

北風

黃昏他們抵達邊界，妮娜・達康特發覺戴著婚戒的手指頭還在流血。民兵守衛頭戴漆皮船形帽，帽子上面罩一件粗羊毛毯，在庇里牛斯山吹來的狂風中勉力站穩，就著一盞碳化鈣燈籠的燈光檢查他們的護照。雖然兩本外交護照都完美無缺，守衛還是舉起燈盞，確定照片跟他們的臉到底像不像。妮娜・達康特看來幾乎像小孩，有一雙快樂小鳥般的眼睛，糖蜜色的皮膚在陰鬱的正月天仍泛出加勒比海艷陽的光輝，身穿一件貂皮大衣，直裹到下巴處——那件大衣整個邊界防衛隊一年的薪水加起來還買不起呢。正在駕車的是她丈夫比利・桑其士・狄・阿維拉，比她小一歲，幾乎跟她一樣美，身穿一件格子襖，頭戴籃球帽。他不像妻子，屬於高大的運動型，長著一副靦覥兇漢那種剛硬的下巴。最能顯示他們倆身分地位的是這輛內部散發著動物氣息的銀色車輛；赤貧的邊界地區從來沒出現過這樣的名車。後座擺滿嶄新的手提箱和許多尚未拆封的禮品盒，還有一支次中音薩克斯風——妮娜・達康特沒有被身旁海灘浪子的柔情打動以前，薩克斯風曾是她生命中的最愛。

守衛交還蓋過郵戳的護照，比利・桑其士問他什麼地方可以找到藥店治療他太太的手指，衛士在風中吼道，他們該到法國那一頭的亨戴去問問看。可是亨戴的衛兵們只穿襯衫沒穿外套坐在一個暖烘烘燈火通明的玻璃崗哨內，一面把麵包沾點大玻璃杯裏的酒來吃，一面玩牌，他們看看車子尺寸和廠牌就揮手叫他們倆開入法國境內。比利‧桑其士按了好幾次喇叭，衛兵不懂他是在叫他們，有一個衛兵打開窗戶，比風聲更狂怒地吼道：

「混蛋！走開！」

這時候妮娜‧達康特走下車來，大衣直裹到耳下，她用十全十美的法語問衛士哪裏有藥店。衛兵嘴裏含著麵包，照習慣回答說：不關他的事，尤其在這樣的大風雨裏，說著就把窗子關上了。可是他仔細再看看眼前裏著閃亮貂皮、正在吸手指的少女，大概以為惡夜中仙女下凡了吧，心情當場就變了。他解釋說，最近的城市是比亞利茲，可是大冬天的，又颳著狼嚎樣的狂風，可能要到更遠一點的貝雲市才會有藥店開門。

「嚴重嗎？」他問道。

「沒什麼，」妮娜‧達康特說著，微笑伸出戴鑽戒的手指，以及指尖上幾乎看不出來的玫瑰刮痕。「只是一根刺罷了。」

他們還沒到貝雲市，又下雪了。才不過七點左右，卻發現街上空無一人，房舍都關起門窗來抵擋暴風雪，他們轉了好多個彎，沒找到藥店，決定繼續往前開。這個決定使比利‧桑其士非常開心。

他對珍貴的汽車有一股難以饜足的熱情，而他爸爸對他愧疚很深，又有錢得不得了，願意隨時滿足他心血來潮的願望；父親送他當結婚禮物的這一型本特利褶篷車他以前從來沒開過。他抓著駕駛盤意亂情迷，開愈久愈不覺得累。他要在當天晚上抵達波爾多。兩人已經在「華麗旅社」訂了新婚套房，風再大雪再大也擋不了他。相反的，妮娜·達康特覺得很累，尤其剛才駛過馬德里以來的最後一段公路，都是只宜放牧山羊、冰雹漫天的峭壁邊緣，特別累人。所以過了貝雲之後，她用一條手帕裹著無名指，爲了止血特意紮得很緊，包好就沉沉睡去。比利·桑其士根本沒發覺。將近午夜雪停了，松林中的風完全靜止，牧場上的天空滿是冷冰冰的星辰，他已經駛過波爾多酣眠的燈火，但他還有精力一口氣開到巴黎，所以只在公路邊的加油站把油箱注滿。他實在太喜歡這部價值兩萬五千英鎊的大玩具，沉睡在他身邊的美人兒無名指上的繃帶血跡斑斑，青春的美夢第一次被疑慮的閃電穿透，他問都沒問過她是否也有同感。

他們是三天前在一萬公里外的西印度卡塔吉娜結婚的，男方的父母十分驚訝，女方的父母則非常失望，樞機主教親自祝福他們。除了他們倆，沒有人明白這段預料之外的愛情眞正的基礎何在，是怎麼開始的。一切始於婚前三個月，海邊的一個星期天，比利·桑其士等一幫人在馬貝拉海灘突襲女更衣室，那時妮娜剛滿十八歲，剛從瑞士聖布萊的夏特倫尼學校回家，能說四種語言，一點口音都沒有，對次中音薩克斯風管非常內行，那回是她返家後第一次在海灘度過星期天。她脫得精光，正要穿上游泳衣，鄰近的浴室突然傳出一陣陣驚惶的逃竄和海盜的吆喝，她根本不明白怎麼回事，門上的門條突然裂開了，她看見世上最美的盜匪站在她面前。這人全身光溜溜，只穿一件假豹皮串繩短褲，具有頗富彈性的身軀和住在海邊的人才有的金黃膚色，右手腕戴著古羅馬鬥士的金屬手鐲，右拳纏著一條用來當致命武器的鐵鍊，脖子上掛一面沒有聖徒像的獎牌，靜靜隨他的心跳一起一伏。原來他們上過同一所小學，兩個人都出身在殖民時代以來就主宰該城命運的地方望族，曾一起在生日宴會上敲破好多裝有玩具糖果的幸運瓦罐，可是他們很多年沒見面，起先沒認出彼此。妮娜・達康特一動也不動站著，並未設法遮掩赤裸的身體。這時候比利・桑其士玩起他的幼稚把戲來：他褪下豹皮短褲，向她展示挺立的男性器官。她筆直盯著瞧，絲毫沒顯出驚訝的樣子。

她強壓住心頭的恐懼說，「我見過更大更硬的。所以請三思而後行，要唬我得表現比黑人更好才成。」

其實妮娜・達康特不但是處女，那時候也沒見過裸體的男人，但她的挑戰發生了效果。比利・

桑其士羞愧得用捲著鐵鍊的拳頭去打牆壁，把手都打破了。她開車送他上醫院，幫助他熬過復原期，最後兩個人一起學會怎樣用正確的方法作愛。難熬的六月下午，他們待在妮娜．達康特六代顯赫的祖先壽終正寢的家，躲在內側的露台；她用薩克斯風吹奏流行歌曲，他手裏著石膏，躺在弔床上目瞪口呆凝視她。那幢房子有無數面對海灣死水的落地窗，是拉曼加地區最大最古老的房舍之一，無疑也是最醜的。可是在午後四點的酷熱中，妮娜．達康特吹薩克斯風的那處格子瓷磚露台卻有如綠洲，面向一個樹蔭很多、有芒果樹和香蕉樹的庭院，樹下有座墳墓和一塊沒有名字的墓碑，比房子和家人的記憶更古老。連不懂音樂的人都認爲在這麼高貴的屋子裏吹薩克斯風不合時宜。妮娜．達康特的祖母第一次聽到她吹的時候曾說，「聽來像一艘船。」妮娜．達康特的母親曾勸她換個方式吹，不要爲了舒服把裙子拉到大腿上、兩膝分開、顯露出玩音樂所不必要的肉感，可惜勸不動她。母親常說，「只要妳雙腿併攏，我不管妳玩什麼樂器。」

就是那些船上送別曲和那種愛的饗宴使妮娜．達康特得以打破比利．桑其士四周不友善的保護殼。他素有「無知野人」的惡名，由於父母雙方都出身名門，使他名聲更響。她卻發現他骨子裏只是個受驚的脆弱孤兒。比利．桑其士的手骨黏合期間，他們瞭解日深，有一個下雨的午後，兩個人單獨在屋裏，她帶他上了自己的床，獻出童貞，連他都爲愛情發生之順利感到驚訝。將近兩星期的時間，他們每天在同一個時刻赤裸裸熱情地狂歡痛飲，無視於以前睡過那張古老大床的內戰英雄和多情祖母們的遺像正訝然瞪著他們。即使在作愛的歇息時間，他們仍赤身露體，窗戶也不關，吸著船上垃圾由海灘漂進來的氣味、糞便的氣味，不吹薩克斯風的時候就聆聽院子傳來的家常聲響、香蕉樹下單調的蛙鳴、水滴落在無名墓上的聲音、他們以前沒有機會學的自然律動。

等她父母回家，妮娜．達康特和比利．桑其士已經愛得難捨難分，心中容不下別的東西了；他們隨時隨地作愛，每次都設法再創新招。起先他們擠在比利．桑其士的爸爸爲減輕歉疚而送給兒子的跑車裏撕扭。等汽車在他們眼中也變得太自在了，他們就趁晚上到當初命運撮合他倆的馬貝拉海灘浴室；十一月嘉年華會期間，他們甚至穿戲服到吉茲曼尼舊奴隸區的出租房間去，幾個月前還勉強忍受比利．桑其士和鐵鍊幫肆虐的妓院老鴇們，如今特意掩護他們。妮娜．達康特以當初迷戀薩克斯風的那股熱勁兒，全心全意偷情，最後，被她馴服的盜匪終於明白所謂該表現得像黑人是什麼意思了。比利．桑其士隨時回報她的愛，很有技巧且同樣熱烈。他們結婚後，趁空中小姐睡著，雙雙擠進飛機的廁所，實現了在大西洋上空相愛的誓言，不見得快樂似神仙，倒是笑得前仰後合。也就在那一刻——結婚二十四小時後——他們才知道妮娜．達康特已經懷了兩個月的身孕。

所以他們抵達馬德里的時候，並不是一對宿願得償的小情侶，但他們小心謹守純潔新夫婦的規範。雙方父母一切都安排好了。下飛機以前，一位禮賓司官員來到頭等艙，把她父母送的閃亮黑邊白貂皮大衣交給妮娜．達康特，又交給比利．桑其士一件那年冬天流行的漂亮綿羊皮夾克，以及一輛等在機場的新車沒作記號的鑰匙。

他們國家的外交使節在正式接待廳歡迎他們。大使夫婦不但是兩家的老朋友，大使且是當年爲妮娜．達康特接生的醫師，他帶了一束好新鮮好亮麗的玫瑰來等她，連露珠都美得不像眞的。她爲自己新婚就已懷孕感到不安，假惺惺對他們獻上一吻，然後接下了玫瑰。拿玫瑰花的時候，手指被刺戳到，但她用迷人的計謀處理這件倒楣事。

她說，「我故意的，好讓你們注意到我的戒指。」

事實上，整個外交使節團對這枚價値不菲的戒指讚嘆有加，與其說是因爲鑽石的品質，不如說是欣賞它歷史悠久又保存得這麼好。可是沒有人注意到她的指頭流血了。大家都將注意力轉向新車。把車運到機場，用玻璃紙包起來，繫上一條巨大的金緞帶，這是大使想出的有趣點子。比利．桑其士甚至沒發覺他的巧思。他急著看新車，一把將包裝紙撕掉，站在那兒氣都喘不過來。是該年度新出的本特利褶篷車，內部裝潢是眞皮的。天空看來像灰燼做的地毯，一陣冰冷刺人的風由瓜達拉馬吹來，實在不是待在戶外的好時機，可是比利・桑其士對寒冷一無所覺。他讓外交使節團傻傻待在戶外的停車場上，沒注意到他們基於禮貌只好凍得半死，靜候他把新車最小最小的細節校閱完畢。接著大使坐在他旁邊，帶領他前往官邸，午宴已備妥了。一路上他指出那座城市最著名的景觀，可是比利・桑其士似乎只注意神妙的新車，其他事情都沒放在心上。

他是頭一次到國外旅行。從小他換過好多家私立和公立學校，一再重修同樣的課程，到頭來就變得什麼都不感興趣，茫茫然失去人生的方向了。異鄉城市的最初印象，大白天開著燈的一排排灰色屋宇，光禿禿的樹，遙遠的海洋……在在增添了心中的悲涼感，他拚命把那種感覺壓在心靈的角落。可是他不知不覺很快就落入第一個遺忘的陷阱之中。當季最早的暴風雪突然間默默在空中出現，等他們吃完午餐走出大使官邸，要動身前往法國的時候，發現全城已罩著亮晶晶的白雪。比利・桑其士暫時忘了新車，在衆目睽睽下歡呼，抓起一把一把的雪灑在頭上，穿著新大衣就在街心的地面打起滾來。

下午暴風雪停了，天空一片透明，他們離開馬德里，妮娜・達康特才發覺手指頭流血。她覺得很驚訝，剛才她吹薩克斯風為喜歡在午宴後唱義大利抒情曲的大使夫人伴奏時，無名指不覺得怎麼樣嘛。後來她一面告訴丈夫通往邊界的捷徑，一面在每次手指流血時不知不覺用嘴去吸吮，直到抵達庇里牛斯山，才想到要找藥房。這時候她作起過去幾天早已醞釀成形的夢，依稀夢見汽車正穿行在水中，她嚇一跳醒過來，過了好一會兒才想起手指裹著手帕。她看看儀表板上的夜明鐘指著三點多，心裏暗自算一算，這才發現他們已過了波爾多，也過了安戈勒姆和布瓦迪埃，正沿著羅亞爾河淹了水的防波堤前進。月光隱隱穿透迷霧，松林間城堡的輪廓恍如神話故事中跳出來的。妮娜・達康特記得這個地方，估計他們距巴黎大約三小時車程，比利・桑其士天不怕地不怕，還抓著駕駛盤繼續開。

她說，「你眞野。你已經開了十一個多小時，沒吃過東西。」

爲新車陶醉使他不斷往前開。他在飛機上睡得不多，但他毫無睡意，精力充沛，自信天亮前一定可以開到巴黎。

「吃了大使館的那頓午餐，我到現在還飽飽的，」他說。接著沒什麼邏輯地加上一句，「畢竟，卡塔吉娜現在電影剛散場哩。那邊現在該是十點左右。」

儘管這樣，妮娜．達康特眞怕他開著開著會睡著。她拆開一包在馬德里收到的禮物，想塞一片糖漬橘子到他嘴裏。但他把頭別開了。

「男子漢不吃糖果，」他說。

到了奧爾良前面不遠處，霧散了，一輪大月亮映照著白雪覆蓋的田地，可是大型農產貨車和運酒車紛紛岔進公路，都要開往巴黎，交通不如先前順暢了。妮娜．達康特眞想幫丈夫開車，可是她連提都不敢提：他們頭一次一起外出，他就說過，男人最大的屈辱是太太開車載他。她熟睡了將近五個鐘頭，神清氣爽，很高興兩人沒在法國鄉間的旅館停留——從小她跟父母到過那些地方無數次，對那裏非常熟悉。她說，「世界上再也找不到更美的鄉間了，可是你渴死也不會有人肯給你一杯免費的清水。」她對此事深信不疑，所以最後一分鐘特地在過夜的手提袋裏放了一塊肥皀和一捲衛生紙，因爲法國旅社沒有肥皀，浴室的廁紙是隔週的報紙剪成方塊掛在釘子上的。那晚她唯一的遺憾是浪費一整夜沒有作愛。她丈夫的答覆非常乾脆。

「我正在想，在雪地上幹一場一定很奇妙，」他說。「就在這邊，妳願意的話。」

妮娜・達康特認眞考慮了一會。公路邊映著月光的白雪看起來毛茸茸的，似乎很暖和，可是他們已接近巴黎郊外，交通量變大了，點著燈的工廠林立，還有無數騎腳踏車的工人。若不是冬天，現在該是大白天了。

妮娜・達康特說，「我們還是到巴黎再說吧。床上鋪著乾淨的床單，舒服又暖和，才像新婚夫婦。」

「這是你第一次拒絕我，」他說。

她答道，「當然，我們是第一次成了夫妻呀。」

天亮前不久，他們在一家路邊餐廳洗臉撒尿，到櫃檯喝咖啡，吃溫熱的牛角麵包，很多卡車司機在那兒喝紅酒吃早餐。妮娜・達康特上洗手間，發現自己的襯衫和裙子上都有血跡，但她沒打算洗掉。她把浸滿血跡的手帕丟進垃圾桶，將結婚戒指改戴在左手，用肥皀和淸水洗受傷的指頭。傷痕幾乎看不見了。可是他們一回到車上，血又開始流出來，妮娜・達康特把手臂懸在窗外，以爲田野吹來的寒風有凍炙的效果。這一招證明沒有用，但她仍然不太擔心。「如果有人要找我們，一定很容易，」她帶著自然的魅力說，「只要追隨我留在雪地上的血跡就行了。」接著她深思自己的話，臉色在第一道晨光中泛出光采。

她說，「想想看。雪地上的血跡一路由馬德里綿延到巴黎。豈不是可以寫成一首好歌？」

她沒有時間多想。到了巴黎郊外，手指血流如注，她覺得自己的靈魂好像正要從傷口流掉似的。她用手提袋裏帶來的衛生紙止血，可是還來不及包好，就得不斷把血淋淋的紙片丟出窗外。她身上穿的衣服、她的大衣、汽車座位都被血沾得濕透，雖是漸漸的卻無技可施。比利・桑其士真的嚇慌了，他堅持要找一家藥店，但此時她知道藥劑師已解決不了問題了。

她說，「我們快到奧爾良的入口了。直直往前開，順著雷克勒將軍大道走，就是好多樹好多樹的那條大路，我會告訴你怎麼辦。」

這是此行最難走的一段路。雷克勒將軍大道雙向都塞車，小汽車、摩托車和趕往中央市場的大貨車卡在一起動彈不得。猛按喇叭也沒用，比利・桑其士激動得不得了，連珠砲似的一口氣辱罵了好幾個司機，甚至想下車去揍其中一個人，妮娜・達康特好不容易才說服他：法國人雖是世上最沒禮貌的民族，卻從不揮拳打架的。這又是妮娜・達康特判斷力良好的證明，因爲此時她正硬撐著怕暈過去呢。

他們光是繞過里昂貝爾佛的交通圈就花了一個多鐘頭。咖啡館和店鋪都像午夜一樣燈火通明，那天是昏黑污濁的巴黎正月天裏典型的禮拜二，雨下個不停卻老不化成雪。可是丹福羅契魯街交通流量比較少，走了幾個街廓之後，妮娜・達康特叫丈夫向右轉，他就把車停在一家陰森森的大醫院急診處門外。

她下車要人攙扶，卻沒有失去鎮定和清醒；躺在擔架車上一面等值班醫師，一面回答護士有關她身分和病歷的例行問話，比利・桑其士拿著她的手提袋，抓緊她戴結婚戒指的左手；那隻手摸起來軟綿綿冷冰冰的，嘴唇已失去了血色。他就這樣守在她身邊，握著她的手，直到醫生來了，簡短地檢查了一下她受傷的指頭。醫生年紀很輕，剃光頭，皮膚呈古銅色。妮娜・達康特不理他，卻對丈夫露出慘白的笑容。

她帶著所向無敵的幽默說，「別怕。除非這個吃人魔把我的手砍下來吃掉，不可能出別的事。」

醫生檢查完了，突然說出帶點兒亞洲怪腔的正確西班牙語，害他們嚇一跳。

他說，「不，孩子們。這個吃人魔寧可餓死也不會砍掉這麼美的手。」

他們很尷尬，可是醫生作了個溫和寬厚的手勢，要他們放心。接著他吩咐把病床推走，比利・桑其士抓著太太的手，想要跟過去。醫生拉住他的手臂阻止他。

他說，「你不能去。她去加護病房。」

妮娜・達康特又對丈夫笑一笑，繼續揮手告別，最後終於消失在走廊盡頭。醫生留在後面，研究護士寫在紙板夾上的資料。比利・桑其士對他大喊。

「醫師，她懷有身孕。」他說。

「多久了？」

「兩個月。」

醫師對這個消息並不如比利・桑其士預料中來得重視。他說，「你告訴我是對的，」然後跟在病床後面走去，留下比利・桑其士孤零零站在帶有病人汗酸味的淒涼大廳，望著妮娜・達康特被帶走的空走廊，茫然不知所措。他在其他病人候診的木板長凳上坐下來；不知道坐了多久，等他決心走出醫院，天已經又黑了，還在下雨，他彷彿承受著全世界的重壓，仍然不知所措。

幾年後我從醫院記錄中查到，妮娜・達康特是一月七日星期二早上九點半入院的。頭一夜比利・桑其士睡在急診室門外停的車上，次日一大早他在最近的一處自助小餐廳吃了六個水煮蛋，喝了兩杯加牛奶的咖啡——自離開馬德里以後他還沒吃過一頓正餐呢。接著他回急診室去看妮娜・達康特，可是那邊的人費了不少勁兒告訴他該走正門。好不容易到了正門內，一位艾斯都里亞籍的維修人員協助他跟接待員溝通，接待員證實妮娜・達康特確實入院了，可是訪客只准在星期二九點到四點來探病。也就是說，要再等六天。他想見那位會說西班牙語的醫生，並描述說是一位黑皮膚的光頭男子，但光憑這麼簡單的兩點，誰也沒辦法告訴他什麼消息。

他聽到登記簿裏有妮娜・達康特的名字，放心不少，又回到車上。一位交通警察叫他把車停在兩條街廓外一道很窄的街上，靠雙號那邊停。街道對面有一幢整修過的建築，上面有個標幟：「妮可旅社」。這家旅社屬於一星級，接待區很小，只有一張沙發和一架直立式舊鋼琴，店主的嗓門又高又清脆；只要客人有錢，說哪一種語言他都能懂意思。比利・桑其士帶著十一個手提箱和九個禮物盒住進唯一的空房間，也就是九樓的三角形閣樓；他上氣不接下氣爬完一道有水煮菜花味兒的迴旋梯，才抵達那間房。牆上貼著暗濛濛的壁紙，僅有的一扇窗戶透出內院的幽光，此外容不下任何東西。屋裏有張雙人床、一張大活動櫃、一張直背椅、一個活動大澡盆、一個放有缽子和水罐的洗面架，所以到屋裏除了躺在床上之外簡直沒有容身之地。一切不但老舊，而且顯得寂寥，但非常乾淨，帶點最近才用過的藥味兒。

比利・桑其士就算花一輩子去解讀，也參不透那個靠吝嗇天性建造的世界玄機何在。他還沒走到自己住的那層樓，樓梯燈就熄了，他從來沒解開這個奧祕，也沒找出再開燈的方法。他花了半個早晨才得知每層樓的梯台上有個小房間，裏面的馬桶是拉鏈式沖水的。找不到燈決定摸黑如廁，才意外發現門鎖從裏面拉上燈自然會亮起來，這樣誰也不會忘記關燈。他堅持要跟在自己國家一樣每天沖澡兩次，淋浴間在大廳盡頭，逐次付費，而且要付現金，熱水從辦公室遙控，三分鐘就沒有了。可是比利・桑其士當然明白，這種辦事方法雖跟他的習慣截然不同，總比正月天待在戶外好多了。他覺得心情很亂，又孤孤單單，簡直不懂他沒有妮娜・達康特的幫助和保護怎麼活過來的。

星期三早上他上樓到旅社房間，大衣沒脫就面朝下撲倒在床上，想著兩條街外仍在流血的可人兒，不久就自然而然睡著了。等他醒來，手錶指著五點，但窗外風雨交加，他分辨不出是清晨還是下午，那天是星期幾，那個地方是什麼城市。他睜著眼躺在床上靜靜等，心裏一直想著妮娜・達康特。後來確定天亮了，就到前一天去過的小自助餐館吃早餐，才知道是星期四。醫院燈亮著，雨停了，他倚著大門外的一棵栗子樹幹，看著穿白外套的醫生護士在大門口進進出出，希望能見到安排妮娜・達康特入院的亞裔醫生，結果沒看到。吃完午餐守了一下午，都快凍僵了，決定暫停守候，還是沒見著那個人。兩天在同一個地方吃同樣的東西，七點他遂自行從展示台上選了加牛奶的咖啡和兩枚煮得很硬的蛋。他回旅館睡覺時，發現所有汽車都停在對面，只有他自己的車停在這一邊，擋風玻璃上有一張違規停車通知單。「妮可旅社」的門房實在很難跟他解釋清楚：單日要停在單號門牌這邊，雙日要停在雙號那邊。想想他這個桑其士・狄・阿維拉世家的嫡傳子弟，兩年前左右開著市長的公務車進入附近的一家電影院，造成一場驚天動地的車禍，勇敢的警察還站在那兒袖手旁觀呢，他怎麼可能瞭解此地這些理性主義者所用的辦法？門房勸他去繳罰款，暫時不要移動汽車，否則半夜又要再移動，他更不懂了。他在床上翻來覆去睡不著，第一次不止想妮娜・達康特，也想起自己在加勒比海卡塔吉娜公共市場的酒吧間度過的可悲夜晚。他想起阿魯巴帆船停靠的碼頭邊那些餐館的炸魚和椰子飯。他想起牆上爬滿三色堇的家，那邊現在應該是頭一天晚上的七點鐘，他彷彿看見爸爸穿著絲質睡衣，在涼爽的露台上看報紙。

他想起母親——無論白天晚上似乎永遠沒人知道她在哪裏——嬌艷動人又健談的母親，夜幕低垂時穿著星期天的外出服，耳背揷一朵玫瑰，在累贅的華服下熱得喘不過氣來。他七歲那年，有一天下午沒敲門就走進她房間，發現她赤身露體跟一個臨時男友躺在床上。這件不幸他們雙方從不提起，卻使母子間建立了比親情更有用的同謀關係。可是他對這一點毫無知覺，對於寂寞童年諸多可怕的事情也一無所覺，等到那夜他倒在一間巴黎破閣樓的床上，沒有對象可傾訴悲哀，又氣自己忍不住想哭的欲望，一切才了然於心。

這樣的失眠對他有益。他星期五起床時，因爲晚上沒睡好而覺得很不舒服，但他決定將人生理出一點頭緒。既然所有的鑰匙、大部分的錢和可能在巴黎找到熟人的地址簿都在妮娜·達康特的皮包裏，最後他只好把手提箱的鎖拉斷，換件衣服。到了常去的小自助餐館，他發覺自己已學會用法語打招呼，會點火腿三明治和牛奶咖啡。奶油和各種煮法的蛋發音太難，他永遠學不會，所以他不可能點這兩樣東西，但奶油總是隨著麵包端出來的，水煮蛋則擺在櫃檯，他不必開口就拿得到。而且到第三天，服務生已經認識他了，他表達意思的時候他們會幫他的忙。所以星期五午餐時，他設法理清思緒，點了一客燒炙小牛肉加炸馬鈴薯，還有一瓶酒。喝完覺得很舒服，又叫了一瓶，喝下將近一半，過街決定硬闖入醫院。他不知道要到哪裏去找妮娜·達康特，可是那位亞裔醫生的英姿深印在他腦海，他相信一定可以找到他。他不走大門，改走警戒似乎不那麼森嚴的急診室，但他闖不過妮娜·達康特那天揮別的走廊。他走過時一名罩衫上沾有血跡的守衛問他幾句話，他置之不理。

那人跟著他，一再用法語問他同樣的問題，最後更用力扯他的手臂，猛拉住他。比利・桑其士施展要鏈條的工夫，想把他甩開，守衛用法語大罵三字經，從後面反剪他的手臂，還不忘幹他的婊子老母一千次，把痛得發狂的他半架到門口，像一袋馬鈴薯扔進街心。

那天下午，比利・桑其士因爲被責打而痛得要命，他開始長大了。他決定找大使求援——換了妮娜・達康特一定會這麼做的。其貌不揚卻樂於助人、對語言很有耐心的旅館門房在電話簿找到大使館的電話號碼和地址，寫在一張卡片上。一個非常和藹的女人來接電話，不久比利・桑其士聽出她那緩慢平板的聲音帶有安蒂斯山脈的腔調。他先說明自己的身分，特意使用全名，以爲這兩大家族一擡出來必能給對方留下深刻的印象，可是電話那頭的聲音一點都沒變。他聽見她背書似的說：「大使大人此刻不在辦公室，要到次日才可能來，但不管如何求見大使必須先預約，且在特殊狀況下才能謁見。」比利・桑其士知道他不可能由這個管道找到妮娜・達康特，就學對方用和藹的態度感謝她提供這個消息。接著他搭計程車前往大使館。

大使館位在巴黎數一數二的幽靜地區香榭里舍大道二十二號，依照比利・桑其士多年後在西印度卡塔吉娜市向我提出的說法，當時唯一令他動容的是抵達巴黎後陽光第一次像加勒比海那般亮麗，艾菲爾鐵塔在燦藍的天空下巍巍聳立於市區。代表大使接見他的官員活像大病初癒，不僅穿黑西裝，露出壓迫感十足的領子，打個喪氣的領帶，而且擺出種種深謀遠慮的姿勢，說話且壓低了嗓門。他瞭解比利・桑其士的憂慮，卻不失謹慎地提醒他：他們現在置身於一個文明國度，一切規範都是依據最古老最有見識的標準建立的，不像野蠻的拉丁美洲，只要賄賂門房就可以走進醫院。「不，親愛的孩子，」他說。唯一的辦法就是遵守理性規則，等到禮拜二。

他作個結論說，「畢竟只剩四天。這段時間，到羅浮宮去嘛。值得看看。」

比利・桑其士從大使館出來，發現自己置身在協和廣場，卻不知道該怎麼辦。他看見艾菲爾鐵塔浮現在屋頂上空，好像很近，就試著沿碼頭走過去。可是他很快就發覺，高塔實際上比看起來遠，而且找著找著方向不斷改變。他坐在塞納河邊的一張長凳上，開始想念妮娜・達康特；望著拖船由橋下駛過——紅屋頂，窗檯上擺著花盆，甲板上還吊些曬衣繩——看來不像船隻，倒像巡迴房舍。他觀察一位漁夫好長的時間，漁夫不動，水流中魚竿不動，繩子也不動，他一直等著什麼東西會有點動靜，實在等膩了，天漸漸轉黑，才決定搭計程車回旅館。這時候他發覺自己不知道那家旅館的名稱和地址，也不曉得那家醫院座落在巴黎的哪一處地方。

他嚇得目瞪口呆，找到一家咖啡館走進去，點了一客干邑白蘭地，設法重整自己的思緒。他一面思索，一面看見自己的影象在牆面的許多鏡子裏從不同的角度反反覆覆呈現，看見自己害怕又孤單，打從出生第一次想到死亡的現實。可是他喝了第二杯干邑白蘭地之後，覺得好多了，這才想出先回大使館的好主意。他掏口袋找那張寫著大使館地址的卡片，發現旅社的名稱和街名號碼就印在背面嘛。這次的經驗把他給嚇壞了，整個週末除了吃東西、把車子從街道這一側移到街道那一側，他沒有再離開旅社房間半步。他們來的那天早晨就下著的汚雨，連續下了三天。從來沒看完一整本書的比利·桑其士，躺在床上眞希望有一本書可以打發無聊的光陰，可是他在太太手提箱裏找到的書都不是西班牙文的。於是他繼續等待星期二，眼睛盯著壁紙上反覆出現的孔雀，腦子裏隨時想著妮娜·達康特。星期一他整理房間，心想她若看到屋裏這麼亂不知會說什麼，這才發現貂皮大衣沾著乾血跡。他用她過夜提袋裏找到的香皀洗了一下午，終於讓大衣恢復當初帶上馬德里飛機時的原貌。

星期二黎明烏雲密布，寒意逼人，但是沒有下雨。比利·桑其士六點起床，跟一羣帶禮物和花束探病的親屬一起在醫院門口等待。他手挽著貂皮大衣，跟隨羣衆進去，不發問，也不知道妮娜·

達康特究竟在什麼地方，只是確信他一定會碰到那位亞裔醫生。他穿過一個很大的內院，裏面有花有野鳥，兩側都是病房：女性在右邊，男性在左邊。他跟著其他訪客走進女子病房，看見一長排女病人穿著住院袍坐在床上，窗外的日光照進來，亮燦燦的，他甚至認為病房比外人想像中愉快多了。他走到長廊盡頭，又往回走，確定沒有一個病人是妮娜・達康特。於是他再繞過外走廊，隔著窗子窺視男性病房，終於依稀認出了他要找的那位醫生。

事實上他沒有認錯。那個醫生正跟別的醫生和幾位護士共同檢查一位病人的症狀。比利・桑其士走進病房，把一位護士推開，站在低頭診療的亞裔醫生對面。他跟他講話。醫生擡起悲哀的目光，想了一會兒，認出他來了。

「你究竟到哪裏去了？」他問道。

比利・桑其士一頭霧水。

他說，「在旅社啊，那邊，就在轉角。」

這時候他終於知道了實情。妮娜・達康特已在元月九日星期四晚上七點十分流血過多而去世，幾位法國最高明的專家診治了六十個鐘頭，依舊失敗了。她始終清醒又沉著，吩咐他們到比利・桑其士和她訂了房間的「雅典娜廣場」去找她丈夫，又提供必要的資訊讓他們連絡她的父母。星期五大使館收到外交部的緊急電報，那時候妮娜・達康特的父母已經飛往巴黎。大使親自照料屍體塗油和喪禮的事誼，巴黎警方設法尋找比利・桑其士，大使一直跟警署保持連繫。從星期五晚上到星期天下午，廣播和電視上一直播放尋人公報描述他的長相，那四十個小時他是全巴黎最急著找的人。他們從妮娜・達康特的皮包裏找到他的照片，到處展示。一共找到三輛同型的本特利褶篷車，但沒有一輛是他的。

妮娜・達康特的父母在星期六中午抵達，坐在醫院禮拜堂陪伴遺體，希望最後一刻當局能找到比利・桑其士。他父母也接到通知，準備飛往巴黎，可是因爲電報內容有點亂，最後他們並沒有來。喪禮在星期天下午兩點舉行，與比利・桑其士孤零零躺著苦苦思念妮娜・達康特的破旅館相隔不過兩百公尺。幾年後，當時曾在大使館接見他的官員告訴我說：比利・桑其士走出他的辦公室一小時後，他就接到外交部的電報，他順著佛伯聖河諾街的正派酒吧一路找他。他向我坦白承認：當初看見比利・桑其士，並沒有太注意他，看這海岸來的少年爲巴黎的新奇事物頭暈昏花，又穿著這麼一件不合宜的綿羊皮大衣，實在沒想到他居然會有這麼顯赫的家世。

他氣沖沖忍住哭泣欲望的那天晚上，妮娜・達康特的父母撤銷了搜索，把金屬棺材裏塗過油的屍體帶走了，多年來，見過遺體的人一再說他們從來沒見過比她更美的女人，生者死者皆然。所以，星期二早晨比利・桑其士終於走進醫院時，下葬儀式已在拉曼加公墓舉行過了，墓地距離他們解讀第一把幸福之鑰的房子不過幾公尺。向比利・桑其士訴說這件悲劇的亞裔醫生想在醫院候診室給他服一點鎮定劑，但他回絕了。比利・桑其士沒有告別就離開醫院，也沒什麼事可道謝的，心裏想：他唯一迫切想做的事就是找個人，用鏈條把他的腦漿打出來，爲自己的悲劇復仇。他走出醫院的時候，甚至沒發覺不帶血跡的白雪正由天空落下來，柔柔亮亮的雪片看起來眞像鴿子茸茸的羽毛；也沒發現巴黎街頭有種過節的氣氛，因爲這是十年來的第一場大雪呢。

一九七六年開始構思

〈附錄〉

馬奎斯的小說與電影

宋碧雲

馬奎斯很早就對電影產生興趣，視為「說故事」的另一種方法，而且他的大部分小說也確實給人清晰的視覺印象。但他作品改編成電影的，多屬中短篇。不然就是摘取長篇中的某一人物或情節延伸成電影，如《百年孤寂》中被胖祖母逼迫賣淫的無名女童，化身為《伊蘭迪拉》；《愛在瘟疫蔓延時》的一段插曲，衍生出《養鴿女傳奇》。有時候他會將同一個故事雙線處理成電影和短篇小說，各保留其特性。例如描述魔術師太太汽車拋錨，誤搭瘋人院巴士，被當做瘋子禁錮一生的影片《我心愛的瑪麗亞》，就是《異鄉客》中的〈我只是來借個電話〉。但有人要改編他的重量級小說，他至今不肯點頭。他認為文字的敍述給讀者較大的想像空間，落實到畫面上會跟原有的想像產生差距。

以八一年出書、八八年拍成電影的《預知死亡紀事》為例。面對劇中笑容燦亮的主角，觀眾腦中閃過的可能是「好帥，（演員）聽說是亞蘭德倫的兒子。」不太可能一望而知他（書中及劇中人）是來到加勒比海的阿拉伯人第三代，母系一家曾戰功彪炳，有人擔心他的死會引發族裔衝突……等等。文字勾勒出的立體人物，到了畫面上可能變成一副平面的「風景」。

《預》片是一部「很好看」的電影，原著中許多令人不悅的意象，如聖地牙哥穿腸破肚爬進廚房，未死狗羣就圍過來想吃他的內臟，他被解剖後屍體變形，慘不忍睹，身邊的人都自覺沾染了死亡的異味……電影中全省略了，代之以他身著雪白衣裳優美倒地的鏡頭。由於各種原因未能阻止事件發生的親友，二十餘年間幾度修正自己的記憶，電影中改以一個個無聲的特寫面容代替——若不和原著對照，會覺得已處理得夠好了。新郎購置新居一幕拍得非常戲劇化。因被懷疑不是處女而在洞房夜被送回娘家的新娘，對夫君念念不忘，常常寫信，多年後終於盼得伊人回頭，在電影中也被賦予過大的重要性。

同樣改編自《預知死亡紀事》的中國片《血色清晨》，採取故事的基本架構，加上陝北的民情，處理得很自然，不知道馬奎斯這部作品存在的觀眾，應該看不出是改編。書中坐牢三年即獲釋的殺人犯兄弟在片中改爲被處決，以符合中國人「殺人償命」的理念。這是一部不錯的電影，但若論表達小說原貌，不足之處仍多。幸虧劇中人不像《預》片那般俊美，畫面也不那麼賞心悅目，較能凸顯常民生活中莫名奇妙發生這種事的錯愕與荒謬。

以兩位男童和女家教爲主角的《夏日保母》一片，與《異鄉客》中的〈富比士小姐的幸福暑假〉系出同源。電影採平鋪直敘的全知觀點，小說則以九歲的哥哥爲敍述者，從門上釘一條大海鰻那天說起，順敍和倒敍並進，兩者各有旨趣。富比士小姐追求潛水夫不成，放火燒一對纏綿中的同性戀男子，導致被仇殺的結局，影片中以她倒臥血泊中的鏡頭和潛水纏鬥的鏡頭交疊，處理得不錯。小說則限於稚童的視角，對女家教的眞正死因語焉不詳，變成耐人尋味的謎團，也頗具戲劇張力。

描述聖徒肉身不朽的《羅馬神蹟》和《異鄉客》中的短篇〈聖者〉，處理方式差別更大。《羅》片採全知觀點，從小女孩生前演起，〈聖者〉卻將場景整個放在羅馬，添入一位學電影的拉丁美洲青年——不禁令人聯想到五〇年代的馬奎斯——爲敍述者。電影中小女孩復活的結局，在小說中只是一個欲拍而未拍成的電影企劃，收尾改成敍述者二十餘年後重返羅馬，巧遇聖女之父杜瓦蒂，喟嘆歐洲經過現代化的洗禮，記憶中的羅馬已無跡可尋，成爲「另一個古羅馬」了，老友仍不死心，繼續等待教皇册封其女爲聖徒。加上時間的縱深，調性遂截然不同。

〈有一雙大翅膀的老人〉改編成同名電影，加入了老人褪下翅膀洗澡和羽毛被燒後拔取鵝毛縫綴新翼的鏡頭，此外大致保留小說的原貌。

我們若想想《紅樓夢》中的「晴雯撕扇」和「紅樓二尤」等小插曲能改編成好戲，黛玉等刻畫得比較完整的主線人物反而從未找到讀者心目中眞正傳神的銀幕化身，就不難了解馬奎斯對原著改編的執著了。

大師名作坊㉔
異鄉客 Doce cuentos peregrinos

作　者——G・賈西亞・馬奎斯
譯　者——宋碧雲
董事長
發行人——孫思照
社　長——莊展信
出版者——時報文化出版企業股份有限公司
台北市和平西路三段二四〇號四F
發行專線—(〇二)二三〇六六八四二
讀者免費服務專線—〇八〇—二三一—七〇五
(如果您對本書品質與服務有任何不滿意的地方，請打這支電話。)
郵撥——〇一〇三八五四～〇時報出版公司
信箱——台北郵政七九～九九信箱
電子郵件信箱——ctpc@msl.hinet.net
網址——http://www.chinatimes.com.tw/ctpub/main.htm

主編——鄭麗娥
編輯——高桂萍
校對——水青廷・劉淑君・宋碧雲
排版——正豐電腦排版印刷股份有限公司
製版——高銘照相製版有限公司
印刷——華展彩色印刷有限公司

初版一刷—一九九四年八月二十五日
初版七刷—一九九八年一月十九日
定價——新台幣一八〇元

◎行政院新聞局局版北市業字第八〇號

版權代理—博達著作權代理有限公司
台北市辛亥路一段一號2F～一

Printed in Taiwan
ISBN 957-13-1257-6

異鄉客 / G・賈西亞・馬奎斯著 ; 宋碧雲譯. --
初版. --臺北市 : 時報文化, 1994[民83]
面 ; 公分. --(大師名作坊 ; 24)
譯自 : Doce cuentos peregrinos
ISBN 957-13-1257-6(平裝)

878.57 83007290

請沿虛線摺下裝訂，謝謝！

Master Piece
大 師 名 作 坊

世界一流作家名作精粹

寄回本卡，大師名作將優先與您分享

(下列資料請以數字填在每題前之空格處)

______您從哪裏得知本書／

[1]書店 [2]報紙廣告 [3]報紙專欄 [4]雜誌廣告
[5]親友介紹 [6]DM廣告傳單 [7]其它／______

______您希望我們爲您出版哪一類的大師作品／

[1]長篇小說 [2]中、短篇小說 [3]詩 [4]戲劇
[5]其它／______

您對本書的意見／

______內容／[1]滿意 [2]尚可 [3]應改進
______編輯／[1]滿意 [2]尚可 [3]應改進
______封面設計／[1]滿意 [2]尚可 [3]應改進
______校對／[1]滿意 [2]尚可 [3]應改進
______翻譯／[1]滿意 [2]尚可 [3]應改進
______定價／[1]偏低 [2]適中 [3]偏高

您希望我們爲您出版哪一位大師的作品(請註明國籍)／

[1]______ [2]______ [3]______

您的建議／

請沿虛線撕下後對折裝訂寄回，謝謝！

廣告回郵
北區郵政管理局登
記證北台字1500號
免貼郵票

時報出版
CHINA TIMES PUBLISHING COMPANY
尊重智慧與創意的文化事業

地址：台北市108和平西路三段240號 4 F
電話：(080) 231705(讀者免費服務專線)
(02) 3066842・(02) 3024075(讀者服務中心)
郵撥：0103854-0時報出版公司

請寄回這張服務卡(免貼郵票)，您可以——
- 隨時收到最新的出版訊息。
- 參加專為您設計的各項回饋優惠活動。

編號：AA24	書名：異鄉客
姓名：	性別：①男 ②女
出生日期：　年　月　日	身分證字號：

學歷：①小學 ②國中 ③高中 ④大專 ⑤研究所(含以上)

職業：①學生 ②公務(含軍警) ③家管 ④服務 ⑤金融 ⑥製造 ⑦資訊 ⑧大眾傳播 ⑨自由業 ⑩農漁牧 ⑪退休

地址：　縣/市　鄉/鎮/區　村　里
　鄰　路(街)　段　巷　弄　號　樓

郵遞區號：